살고 싶은 마음

김예진 지음

FOREST
WHALE

차례

1. 슬픔으로부터

2. 사랑이 무엇인지 끝끝내 모른다고 해도

3. 읽고 쓰는 삶

4. 우리라는 이름으로

1.

슬픔으로부터

슬픔 아는 빛

～～～

슬픈 건 참 싫지. 내가 슬픈 것도, 슬퍼하는 누군가를 지켜보는 것도 참 싫은 일이야. 사전에 슬픔의 뜻은 '슬픈 마음이나 느낌, 정신적 고통이 지속되는 일'이라더라. 슬픔의 뜻이 슬픈 마음이니 느낌이라니? 사과 맛은 사과 맛. 딘딘은 딘딘이랑 다를 바가 뭐가 있어? 똑같은 동어 반복이잖아. 그만큼 슬픔이라는 감정을 정의하기 힘든 건가 싶기도 했어. 왜 생각해 보면 결국 분노, 증오, 아픔, 비애, 고통의 끝에는 결국 슬픔이 오잖아. 억울해도 눈물이 흐르고 아파도 눈물이 흐르고 화가 나도 눈물이 흐르고 슬퍼도 눈물이 흐르듯이. 모든 부정적인 감정 뒤에는 슬픔이 따라오지. 나를 갉아먹는 슬픔. 나를 잠식시키는 슬픔. 도저히 달갑지 않은 슬픔.

나는 슬픔에 빠진 나를 별로 좋아하지 않아. 앉아서

눈물만 뚝뚝 흘리는 나를 상상해 봐. 얼마나 한심하니? 눈은 잔뜩 부어서 코가 막혀 숨도 제대로 안 쉬어지고. 울고 나면 머리도 무거워져. 나는 언제나 너희들 앞에서 씩씩한 사람이고 싶은데, 웃긴 사람이고 싶은데 슬픈 나는 그럴 수 없어. 너희들을 웃길 수도, 분위기를 가볍게 만들 수도 없어. 자꾸만 슬퍼하다가 이대로 슬픈 사람이 되어버릴까 무서워져. 그렇게 자꾸만 슬퍼하다 곁의 사람들이 나를 떠나면 어쩌나 두려워지기도 해. 그래서 나는 슬픈 상황을 최대한 기피하지. 슬퍼봤자 좋을 게 없으니까. 슬픔은 언제나 나를 가라앉히기만 하니까.

하지만, 하지만 인생은 기쁨만 존재하게 내버려 두지 않지. 때때로 나를 슬프게, 화나게, 아프게 만들어. 그래서 또 주저앉게 만들지. 감당할 수 있을 정도의 슬픔일 때도 있고, 바라보기도 싫을 만큼 큰 슬픔일 때도 있어. 슬픔은 참 너무하지. 외면할 수가 없어. 아프니까. 슬픔을 느낄 때면 마음이 아파오니까. 마음보다 몸이 먼저 반응할 때도 있으니까. 피할 수 없는 슬픔이 몰려올 때 나는 그저 슬픔을 오롯이 느낄 수밖에 없어.

그런데 슬픔을 겪은 뒤에도 웃는 사람들이 있어. 나를 잠식하고, 끌어내리고, 망가지게 만드는 슬픔을 지나온 뒤에도 웃는 사람들이 있어. 그 사람들의 웃음은 더 밝아. 더 빛나. 슬픔을 아는 사람들의 기쁨은 그 깊이만큼 더 깊게 기쁘지. 나는 그런 기쁨을 본 적 있어. 눈물이 이슬이 된 기쁨. 더 이상 두려워하지 않는 기쁨. 그런 기쁨은 단순히 즐거운 감정만 전달하는 게 아니야. 그런 기쁨을 보면 용기를 느껴. 슬픔을 뒤로하고 다시 일어날 수 있는 용기, 아니 그보다 먼저 슬퍼질 용기. 슬픔을 아는 사람들은 내 옆에 슬퍼하는 사람들을 위해 진심으로 기도해 줄 수 있어. 그리고 진정으로 응원할 수 있어. 이건 그들만이 할 수 있는 거야.

나는 상상도 못 할 슬픔을 겪은 사람들이 행복하다고 말해. 그 행복은 어떤 행복일까. 감히 상상도 못 할 행복이겠지. '슬픔 아는 빛'이라는 말을 들어본 적 있어? 아주 우연히 내가 좋아하는 가수의 노래 가사에서 발견한 단어야. 슬픔을 등에 지고 있는 빛. 슬픔 위에 쌓이는 빛. 슬픔 아는 빛. 가장 빛나는 빛. 슬픔은 빛을 가리는 게 아니었어. 오히려 슬픔이 쌓여 더 밝은 빛을 만들어

내지. 적어도 내가 아는 슬픔은 그래. 슬프고 깊어지는 삶이 좋은 건지, 깊어지지 못해도 슬프지 않은 삶이 좋은 건지는 아직 잘 모르겠어. 확실한 건 슬픔은 사람을 깊어지게 만든다는 것. 그 뿐이야. 하지만 나는 그냥 빛보단 슬픔 아는 빛이 더 좋으니까. 슬픔을 아는 사람의 기쁨이 얼마나 깊고도 단단한지 알았으니까. 우리에게 언젠가 슬퍼지는 날이 오고야 만다면, 슬픔을 떠나보낸 후에 더 밝은 미소로 화답하는 우리가 되자. 슬픔 아는 빛을 풍기는 나의 친구들에게 이 글을 바치고 싶어.

슬픔은 손 흔들며
오는 건지 가는 건지
저 어디쯤에 서 있을 텐데
이봐, 젊은 친구야
잃어버린 것들은 잃어버린 그 자리에
가끔 뒤 돌아보면은
슬픔 아는 빛으로 피어

마음이 좋은 계절이야

오늘은 정말 좋은 날이었어. 이렇게 글의 첫 문단을 시작한다니, 대체 얼마나 좋은 날을 보낸 건가 싶지? 오늘은 교회를 갔어. 우리 교회 3층에는 내가 주로 예배를 드리고, 떠들고, 자고, 노래를 부르는 곳이 있어. 오늘은 그곳을 청소하는 날이었거든. 우리는 매 달 셋째 주마다 청소를 해. 쓸기, 닦기, 화장실 청소, 창문 닦기...... 누구나 그렇듯 화장실 청소는 기피 대상 1호야. 나는 운이 좋게도 화장실 청소를 피해 갔어. 나의 역할은 쓰레기통 비우기! "와, 나 쓰레기야!"라고 외치는데 말하고 나니 어감이 참 이상하더라. 쓰레기라니..... 내가 쓰레기...? 하지만 모두들 그 말을 듣고 웃었고, 나도 웃었으니 나쁘지 않은 문장이었다고 생각해.

쓰레기통 비우기는 대청소의 마지막 차례야. 모두들

쓸고 닦으며 생긴 먼지들을 쓰레기통에 버리고 나서야 우리는 쓰레기통을 비울 수 있어. 방만 깨끗해진다고 해서 청소가 끝나는 게 아니라는 뜻이지. 방이 깨끗해졌다면, 그 방의 쓰레기들을 잔뜩 모아 둔 쓰레기 통도 비워야 해. 그러고 나면 비로소 청소가 끝나는 거야.

쓰레기 통을 비우고, 다시 3층으로 올라와서 방으로 들어서는데, 창문 밖의 햇빛이 너무나 아름다운 거야. 3층은 교회 건물의 거의 맨 꼭대기이고, 엄청 큰 창문 두 개가 있어서 창문을 열면 밖의 풍경이 훤히 보여. 전망대에 따로 갈 필요가 없지. 그곳에서 내려다보면 온 동네가 한눈에 들어오거든. 두 창문은 활짝 열려있고, 햇빛은 가득 들어오고, 하늘은 그 높디높다던 가을 하늘이었어. 그리고 우리가 그 안에 앉아 있었지. 동그랗게 앉아서 우리는 이야기를 나눴어. 웃긴 이야기, 슬픈 이야기, 화나는 이야기, 이해할 수 없는 이야기, 우리가 어찌할 수 없는 이야기, 그럼에도 사랑하자는 이야기까지. 날씨는 너무나 가을이었고, 당신들은 너무나도 다정해서 마음이 참 좋았어. 미안해. 우리가 나눈 대화들은 그저 마음이 좋기만 한 대화는 아니었는데. 누군가는 진지하게 고민하고, 누군가는 걱정하는 동안 나는 그 대화보다 그 순간에 더 집중하고 있었나 봐. 나도 분명 그 순간에는 심각했던 것 같은데 지나고 보니 마음이 그저 좋기만 하네. 꼭 소풍 온 것 같았거든. 바람이 살살 불고, 다정한 사람이 있고 다정한 대화가 있고 다정한 시선이 있고. 그게 소풍이지 뭐겠어?

요즈음 세상이 너무 어지럽잖아. 다들 화가 나 있거나 지쳐 있거나 슬픔에 빠져 있거나. 이런 세상에서 우리가 할 수 있는 게 뭐가 있을까. 아니 우리가 할 수 있는 게 있기는 한 걸까. 우리의 무수한 대화들은 어떤 의미를 지니고 있을까. 우리는 같이 화를 내야 할까 같이 슬퍼해야 할까. 우리의 분노와 슬픔은 힘이 있을까. 우리의 대화는 어디론가 날아가 버리는 것 아닐까. 그런데 이렇게 어지러운 세상에도 가을은 오지 뭐야. 어김없이 바람은 불고, 하늘은 높아지고, 낙엽은 하나 둘 떨어지고.

아주 슬픈 대화를 하면서도 나는 가을이 오고 있음에 기뻐해. 참 아이러니 한 일이야. 하지만 세상에는 슬픈 일도, 기쁜 일도 너무 많은 걸. 슬퍼만 하기에는 아깝고,

기뻐만 하기에는 무언가 미안한 순간들이 너무 많은걸. 나는 당신들 때문에 기뻐지기도 하고 슬퍼지기도 하는 걸. 당신들도 나 때문에 기뻤다가 슬펐다가 하겠지. 세상이 어지러운 이유는 모든 기쁨과 슬픔이 한데 모여 섞여 있어서 일지도 모르겠어. 나의 기쁨이 너에게는 슬픔이 되고, 때로는 나의 슬픔이 너의 기쁨이 되기도 하는 세상이니까. 하지만 그런 세상 속에서도 누군가는 나에게 고기를 사 주고, 나는 너에게 반창고를 건네. 마냥 슬프지도 마냥 기쁘지도 않은 게 인생인가 봐. 나는 마냥 착한 사람도 아니고, 마냥 나쁜 사람도 아닌 것처럼.

이대로 오늘밤을 보내는 게 아쉬워서 버스에서 한 정거장 빨리 내려. 좋아하는 가을 노래를 들으며 걷는데 나와 아주 격동의 가을을 함께 보냈던 동생에게 카톡이 온 거야.

언니, 이 노래를 듣기 좋은 계절이 왔어. 마음이 좋은 계절이야.

그러게. 정말로 마음이 좋은 계절이다.

라고 답을 보내고는 오늘 하루가 참 좋았다는 생각을 했어. 우리는 여전히 세상 속에서 힘들어하고, 때로는 힘든 세상을 만드는데 일조하기도 하겠지만, 그래도 뒤돌아서는 여전히 사랑하겠지. 무엇하나 정확하게 설명할 수 없는 세상에서, 마음이 좋다는 건 어떤 걸까.

우리는 오늘도 만나고, 내일도 만나고, 또 무수히 많은 대화를 나눌 거야. 그 대화 속에서 울기도 하고 웃기도 할 거야. 이런 어지럽고 예측불가능한 세상에서 우리는 사랑을 해. 이게 정말 마음 좋은 일이야. 아름다운 계절에 아름답지 못한 일들이 일어나고 우리는 그 속에서 슬프겠지만, 오늘은 사랑을 하는 게 어때? 꽉 찬 머리와 마음을 비우고 좋은 마음만 채우는 오늘이 되기를 바라. 그럼 내일 또 다른 슬픔이 다가와도 우리는 제법 견딜만 할 테니까. 슬픔과 아픔을 이야기하는 데에는 힘이 필요하니까.

마음이 좋은 계절이야. 조금만 고개를 돌리면 힘과 사랑을 얻기에 비교적 쉬워진 계절이 왔어.

운다고 달라지는 일은 아무것도 없겠지만

오늘은 아침부터 엄마에게 임무를 부여받았다. 할머니 집에 가서 할머니께 통장을 전해드리는 것. 혼자서 할머니 집에 갈 일은 거의 없다. 보통 아빠가 다녀오시니까. 하지만 지금은 그럴 수 없다. 아빠가 아프시기 때문이다. 두세 달 전부터 소화불량으로 고생하시더니 아픈 배를 부여잡고 엄마와 응급실에 갔다. 내시경을 했을 때 별 이상 없다고 해서 안심하고 있었는데 초음파 결과 담석증이란다. 쓸개에 돌이 많이 생겨서 혈관으로 흘러가 피가 통하는 걸 막고 있어서 그런 거라고. 아빠는 그날 밤 바로 입원하셨고, 엄마는 며칠 동안 병원과 집을 오고 가셔야 했다. 그 덕에 나는 정말 오랜만에 혼자서 버스를 타고 할머니께 갔다. 할머니 집에 가는 길은 꼭 도시에서 시골로 넘어가는 그 사이에 있는 것 같다. 건물들을 지나, 점점 더 낮아지는 건물을 지나서 높은 골목을 올라가다 보면 초록색 나무들이 보인다. 버스에서 내리자 초록 나무 사이로 하얀 머리를 한 할머니가 보였다. 그렇게 나와 있지 말라고 말씀드렸는데도 결국 정류장까지 나와서 나를 기다리신 것이다. 할머니와 말할 때는 평소보다 두 톤 더 높은 목소리로 대화를 나눈다. 더 명랑하게 말한다. 그래야 할머니가 좋아하신다. 잠시 앉아 이런저런 대화를 나누는데 아빠의 안부를 물으시며 우시는 것 아닌가.

"내가 동윤이만 생각하면 눈물이 난다....어제도 느그 아빠 걱정돼서 계속 울었다..."

아빠가 50대든 60대든 할머니의 눈에는 그저 어린 아들인가 보다. 할머니는 아빠를 걱정하고, 아빠는 할머니를 걱정하고. 걱정의 선순환 같다는 생각을 했다. 그런 할머니를 배웅하고 수혁이에게 향하는데 기분이 이상했다. 아침에 집에서 나설 때는 엄마가 나를 배웅해 주고, 지금은 내가 할머니를 배웅하고 나는 마침내 수혁이에게로 간다. 아빠는 병원에 있고, 엄마는 아빠를 간호하러 병원으로 나서고, 할머니는 아빠 걱정에 울고 나는 수혁이에게로 간다. 이상하게 사랑이 가득한 하루라는 생각이 들었다. 돌보는 일과 걱정하는 일과 누군가에게로 가는 일 모두 사랑으로 향하는 일이기 때문이다.

그저께 밤에는 친구에게 전화가 왔다. 우리의 대화는 사소하지만 중요한 질문으로 시작해서 너의 파란만장했던 일주일을 전해 듣고, 곧 보자는 말로 마무리되었다. 장장 세 시간 동안 이어진 대화였다. 나는 그 세 시간 동안 어떤 표정을 지어야 할지 몰라 그저 멍찐 표정을 짓고 있어야만 했다. 너의 지난 일주일이 너무나도 고되었기 때문이다. 일주일 동안 일어난 일이라고는 도저히 믿기지 않았기 때문이다. 그런데 그 일들을 말하는 네 말투가 너무 덤덤해서, 아무렇지 않아 보여서 나는 더 슬퍼졌다. 네가 덤덤해지기까지 얼마나 많은 어두운 밤들을 보냈을지 감히 상상도 할 수 없었다. 그저 너보다 더 화를 내고, 너보다 더 슬퍼하는 수밖에. 네가 차라리 울면서 전화가 왔으면 달래주기라도 했을 텐데 울지 않는 너를 보며 나는 아무것도 할 수가 없었다. 전화를 끊고는 혼자 생각했다. 다음번에는 네가 울면서 전화가 왔으면 좋겠다고. 네 마음의 모든 아픔과 슬픔을 흘려보내며 전화가 왔으면 좋겠다고. 울어야 할 일이 생긴다면 언제까지나 우는 너와 내가 되었으면 좋겠다. 나보다 훌쩍 어른이 되어 이런 일로는 더 이상 울지 않는다는 너의 말투에 나는 울어야 할지 웃어야 할지 몰랐다. 어른이 되어가는 과정이 점점 눈물이 메말라가는 과정이라면 나는 그런 어른은 되고 싶지 않다고 생각했는데. 운다고 달라지는 일은 아무것도 없겠지만 그래도 우리는 서로의 앞에서는 울 수 있지 않을까. 눈물도 그 눈물을 봐주는 사람이 있어야만 흐른다는데 내가 너의 눈물을 봐주고 네가 나의 눈물을 봐주면 되는 거 아닐까.

어쩌면 우리는 서로의 걱정을 먹고 사는 거 아닐까. 아이가 엄마 앞에서 더 어리광을 부리는 것처럼, 그렇게 엄마의 걱정을 먹고 자란 아이가 커서 다시 엄마를 걱정하는 것처럼. 인생은 그렇게 굴러가는 게 아닐까. 나는 어른이 되는 일은 덜 우는 사람이 되는 게 아니라 대신 울 수 있는 사람이 되는 것이라고 생각한다. 나의 아픔에만 우는 게 아니라 너의 아픔에도 눈물을 흘리는 것. 내 손가락에 상처가 있듯이 너의 팔에도 상처가 있음을 헤아릴 수 있는 것. 내 눈물의 범위가 나에게서 너에게로 또 당신에게로 그렇게 확장되는 것. 더 잘 우는 어른이 되고 싶다. 잘 우는 법을 안다면 너의 눈물을 더 잘 닦아주는 법도 알 수 있을 테니까. 마음에서 흐르는 눈물이든 얼굴에서 흐르는 눈물이든 무엇이든 말이다.

아빠가 8일 만에 집으로 돌아오셨다. 배에 남은 수술 자국, 팔에 남은 링거 자국을 보여주면서 엄청 아팠다는 표정을 지으신다. 그러면서 병원에 있을 때 봤던 드라마와 영화들에 대해서, 병원에서 만난 환자들에 대해서, 어제는 죽을 먹었는데 드디어 밥을 먹을 수 있다는 것에 대해서 열심히 이야기를 풀어놓으신다. 그럼 나는 열심히 아빠의 눈을 맞추며 고개를 끄덕이고 맞장구를 친다. 이제는 내가 아빠를 걱정할 수 있는 나이가 된 것이다. 아빠를 통해 배운 '잘 우는 법'을 아빠를 위해 쓰고 싶다. 되도록 오래 그러고 싶다.

*'운다고 달라지는 일은 아무것도 없겠지만'이라는 문장은 박준 작가님의 산문집 이름에서 가져왔습니다.

좋은 이야기

～～～

　나는 오늘 좋은 하루를 보냈어요. 좋은 사람을 만났고 좋은 대화를 나눴으며 좋은 밥을 먹고 좋은 노래를 들었어요. 나는 좋은 이야기가 쓰고 싶어요. 그래서 자꾸만 망설이게 돼요. 가끔은 헷갈리기도 해요. 글이 이어지는 게 어떤 거였는지. 멈추지 않고 쓰이는 이야기가 어떤 거였는지. 나는 좋은 이야기만 써요. 적어도 나에게 좋았던, 혹은 좋았을 이야기를 써요. 최근에는 '아주 희미한 빛으로도'라는 책을 읽었어요. 아니 읽고 있어요. 아직 다 읽지 못했거든요. 나에게는 힘이 드는 책이에요. 내가 보고 싶지 않고 마주하고 싶지 않은 사실들을 말하는 책이에요. 요즘은 생각해요. 우리는 우리가 감당할 수 없는 일을 마주할 때 어떤 표정을 지어야 할까요? 나와 상관없는 이야기라고 해서 쓰지 않아도 되는 걸까요? 외면하려고 노력하면 사는 내내 외면 할 수 있는 걸까요? 지금의 내가 훗날 당신이 될지는 아무도 모르는 거잖아요. 우리는 함께 살아가잖아요. 내가 되었다가 당신이 되었다가 하잖아요.

　오늘은 네시간 삼십 분 동안 기차를 탔어요. 앉자마자 잠들었다가 눈을 떴더니 한 시간 정도 지나있었어요. 한 시간이나 지났는데도 세 시간 반이 남은 거죠. 평소 같았으면 유튜브를 틀거나 넷플릭스를 틀었겠지만, 오늘따라 속이 너무 안 좋은 거예요. 도저히 핸드폰을 오래 보고 있을 수가 없어서 그냥 있었어요. 눈을 감았다가 떴다가 했어요. 그러면서 제일 먼저 네가 떠올랐어요. 나에게 매번 최선의 다정과 성실과 기쁨을 주는 너를 생각했어요. 그 속에서 나는 자주 기뻤어요. 자주 웃었어요. 너는 내 머리를 빗겨주고, 나는 가만히 앉아 있어요. 머리가 잔뜩 엉킨 탓에 자꾸만 빗이 중간에서 뚝뚝 멈춰요. 그러면 나는 아프다고 말해요. 너는 미안하다며 그 큰 손으로 나의 얇고 약한 머리를 살살 만져요. 몸을 이리 기울이고 저리 기울이며 엉킨 머리를 하나씩 풀어요. 나는 그저 앉아 있어요. 텔레비전에서는 사람들의 웃음소리가 들려요. 절대 쉽게 풀리지 않을 거라 생각했던 머리가 어느새 가지런히 빗겨 있어요. 나는 머리를 만지며 감탄을 금치 못해요. 너는 뿌듯하다는 듯이 웃어요. 그 안에 있는 나는 안전해요. 뾰족한 것 하나 없이, 어두운 것 하나 없이 밝기만 해요.

 어지러운 속이 조금 진정된 것 같아 핸드폰을 켜요. 그런데 핸드폰 속 세상은 왜 이리 어지러운가요. 이쪽은 저쪽을 싫어하고 저쪽은 이쪽을 싫어하고. 속은 사람과 속인 사람, 상처를 준 사람과 상처를 받은 사람, 이 모든 것들을 비난하는 사람. 비난하는 사람을 비난하는 사람. 작은 말 하나에도 논란이 되고 상처가 되고 뉴스가 되는 세상이에요. 더 보고 있다가는 내 속도 마음도 세상도 더 어지러워질 것만 같아 핸드폰을 그대로 덮어버려요. 아는 것도 외면하는 것도 쉬운 세상이에요. 기차 안은 한없이 조용한데, 내 옆의 사람은 조용히 유부초밥을 먹고 있고 내 뒤의 사람은 연인과 전화를 나누고 있는데. 그러면 대체 그 많은 일들은 어디서 일어나는 걸까요. 모두들 유부초밥 안에 슬픔을 숨기고 밝은 대화 안에 아픔을 숨기고 있나요. 밖으로 나오지 못한 슬픔과 아픔이 뒤엉켜 분노가 되나요. 그러면 우리

밖으로 꺼내 보는 건 어때요. 분노가 되기 전에, 걷잡을 수 없는 상처가 생기기 전에 서로를 들여다보는 건 어때요. 나와 친구는 서로 나쁜 일이 생길 때 마다 상대가 나의 문자를 확인하든 안 하든 일단 다 보내고 봐요. 나의 문자를 바로 확인하든 한 시간 뒤에 확인하든 일단 말하고 보는 거예요. 그러면 기분이 한결 나아지거든요. 언제든 나의 문자를 확인한 친구가 그런 일이 있었냐며 수고했다고 힘들었겠다고 답할걸 알기 때문이에요. 말하고 들어주는 일만 성실하게 해내도 조금 더 살만한 세상이 되지 않을까 하는 생각을 해요. 우리가 슬픈 건 우리의 이야기를 들어줄 사람이 없어서일지도 모르잖아요.

　나는 오늘 좋은 하루를 보냈어요. 내일도 좋은 하루일지는 아직 잘 모르겠어요. 좋은 일이 반드시 좋은 이야기를 만들어 낸다고 생각하지 않아요. 좋은 일과 나쁜 일을 오가면서 좋은 이야기는 만들어지는 거겠죠. 하지만 좋은 하루를 보낸 나는 내일 조금 더 다정한 사람이 될 수 있을 것만 같아요. 내일은 당신의 이야기를 더 잘 들어줄 수 있을 것 같아요. 좋은 하루를 보냈다면 우리 내일은 더 다정한 사람이 되어보아요. 나쁜 하루를 보냈다면 내일은 다정한 사람에게 기대어 보아요. 우리 그렇게 서로에게 조금씩 빚지고 사는 거예요.

내일은 아주 희미한 빛으로도 살아가는 사람들의 이야기를 다시 들여다볼 수 있을 것 같아요.

하루를 채우는 것

~~~~~~~~~

예진은 잠에서 눈을 뜬다. 찹찹한 바깥공기와 후끈한 이불속 공기에 정신을 못 차린다. 겨울이다. 아침에 쉬이 일어나기 힘든 이 노곤함과 몽롱함은 겨울에만 느낄 수 있다. 삼십 분 정도 뒤척이다 느릿느릿 이불 속에서 나온다. 동윤은 이미 출근했고 민주는 언제나처럼 식탁에서 성경을 읽고 있다. 예진은 가스레인지 위의 빨갛고 큰 냄비의 뚜껑을 연다. 오늘은 닭볶음탕이다. 어제는 소고기미역국이었고 그저께는 김치찌개였다. 매일 아침 저 빨간 냄비는 다른 음식들로 채워진다. 예진은 매일 다른 음식이 채워지는 저 냄비가 신기하기만 하다. 자신이 잠든 사이에 닭볶음탕을, 미역국을, 김치찌개를 만들어 내는 민주가 경이롭다. 예진이 만든다면 반나절은 걸릴 일이다. 민주가 채워놓은 빨간 냄비 속의 음식으로 예진은 배를 채운다. 민주가 만든 음식은 배만 채우는 게 아니다. 마음도 채운다. 예진은 매일 빨간 냄비를 들여다보며 배와 마음을 든든하게 만든다. 그렇게 채운 힘으로 일을 가고 사람을 만나며 글을 쓴다.

예진은 요즘 살면서 가장 나태로운 시간을 보내고 있다. 하고 싶은 것만 한다. 자고 싶을 때 자고 일어나고 싶을 때 일어나며 걷고 싶으면 걷고 쓰고 싶으면 쓴다. 그리고 자주 생각한다. 이렇게 살아도 되는가. 물론 스무 살 이후로 계속 한 고민이다. 계속 이렇게 살아도 되는가라고 물으며 지금까지 살아왔다. 학교에 가고 연애를 하고 아프고 슬프고 그러다가 지금은 글을 쓰고 있다. 예진은 언제나 이야기가 차오르기를 기다린다. 이야기가 없이는 글을 쓸 수 없기 때문이다. 아픈 일도 슬픈 일도 글 속에서는 하나의 글감일 뿐이다. 예진은 그게 좋다. 자신의 아픔과 슬픔에 어느 정도 의미를 부여할 수 있다. 글을 쓰며 예진은 타고난 이야기꾼이 되어 간다.

동윤은 이제 무엇을 비우고 무엇을 채워야 하는지 안다. 이제야 안다. 자신의 지난 55년이 아쉽다. 지금 아는 것을 그때도 알았더라면 하는 생각이 자꾸만 든다. 그런 동윤은 예진과 예승을 볼 때마다 잔소리를 멈출 수 없다. 이들은 자기보다 더 잘 살았으면 하기 때문이다. 자신이 한 실수를 반복하지 않기를 바라기 때문이다. 그런 마음을 아는지 모르는지. 예진과 예승의 얼굴에는 지겨움만 피어난다. 자신이 다 겪고 나서 깨달은 것처럼 이들도 직접 겪고 부딪치고 나서야 알게 될 것이다. 동윤은 그저 이들의 뒤에서 묵묵히 보고 있을 수밖에 없다. 동윤은 오래 살고 싶다. 오래오래 뒤에서 이들을 바라보고 있고 싶다. 이들의 돌아올 곳이 되어주고 싶다.

동윤은 요즘 오래된 친구들을 다시 자주 만난다. 이제는 말하는 시간을 줄이고 듣는 시간으로 채운다. 이제 우리의 나이는 이렇다 저렇다 말하는 게 아무 소용이 없다는 걸 잘 안다. 친구의 이야기가 안타까워도 조언은 입속으로 삼킨다. 이들도 몰라서 안 하는 게 아닐 것이기 때문이다. 알아도 용기가 없어서, 힘이 없어서 하지 못한다. 그냥 살던 대로 산다. 동윤은 친구들의 이야기를 그저 듣는다. 그리고 함께 있는다. 그것으로 충분하다. 같이 술을 먹지도 못하고 담배를 한 대 피우지도 못하는 자신을 자꾸 불러주는 친구들에게 이제는 고마움을 느낀다.

민주는 앞으로의 시간은 자신을 위해 채우기로 마음 먹는다. 자꾸만 빠지는 살과 약해지는 몸을 가만히 두고 보고 있을 수만은 없다. 건강에 좋다는 비타민과 영양제들은 일단 사본다. 그리고 동윤에게도 권한다. 혼자서 오래 살고 싶지는 않다. 자식들을 다 키우고 동윤과 낚시나 다니면서 노후를 보내고 싶다. 낚시를 다니려면 건강해야 한다. 더위와 추위를 이길 수 있는 체력이 필요하다. 무엇보다 민주는 예진과 예승의 옆에 오래 함께 있고 싶다. 예진과 예승이 앞으로 어떤 어른이 될지 궁금하다. 큰딸은 글을 쓴다고 하고, 작은딸은 방송일을 하고 싶다고 하니 둘 다 범상치 않은 길을 가는 것만은 분명하다. 매일 집에서 뒹굴거리는 큰딸과 놀러 다닌다고 바쁜 작은딸이 밥이나 제대로 챙겨 먹고 다니기를 바랄 뿐이다.

민주는 날마다 말씀과 기도로 하루를 채운다. 걱정은 멈추고 기도를 한다. 빽도 돈도 없는 자신을 지금까지 살게 해 준 건 다 예수님 덕이다. 자신을 살게 하신 주님이 예진과 예승도 잘 살게 해 주실 거라 믿어 의심치 않는다. 게다가 자기보다 더 예쁘고 똑똑한 딸들이니 얼마나 멋있고 아름다운 삶으로 이들을 인도하시겠는가.

빨간 냄비 속의 닭볶음탕을 예진도 먹고, 동윤도 먹고, 민주도 먹는다. 각자만의 사랑과 힘을 채운다. 예진은 예진의 자리로, 동윤은 동윤의 자리로, 민주는 민주의 자리로 향한다. 서로 다른 이야기들로 하루를 가득 채운 이들은 또다시 모인다. 예진은 여전히 고민하고 동윤은 그런 예진을 안쓰럽다는 듯이 바라보고 민주는 묵묵히 빨간 냄비 속을 채운다. 비슷한 듯 다른 하루가 매일 지나간다. 이들은 이렇게 한 시절이 지나가는 걸 모른 채로 하루를 떠나보낼 것이다.

*민주는 예진의 어머니, 동윤은 예진의 아버지랍니다:)

보고 싶은 얼굴들

~~~~~~~

보고 싶은 건 늘 '나를 바라보는' 얼굴이었다. 보고 싶은 얼굴들을 떠올릴 때마다 그 얼굴들은 늘 나를 바라보고 있는 모습으로 떠올랐다. 보고 싶다는 마음은 사실 나를 바라봐달라는 마음에 닿아있다. 앞으론 보고 싶은 얼굴을 떠올릴 때마다 그 앞에 나를 세워두기로 했다.

엄지용 시인님의 글이다. 광화문 교보문고에서 이 글을 목격한 뒤로 오래오래 마음에 남아있던 글이기도 하다. 보고 싶다는 마음이 내 마음에 오래도록 머물 때는 꼭 이 문장을 찾아보곤 한다. 그러면 이상하게 마음이 조금 괜찮아진다. 나 말고도 누군가를 보고 싶어 하는 사람이 있다는 사실이 위안이 되고, 내가 나를 바라볼 수 있다는 사실에 마음이 놓인다.

하루는 하늘은 파아랗고 구름은 하얗던 날씨 좋은 어느 날, 친구에게 연락이 왔다.

"날씨가 좋아서 네가 보고 싶다. 날씨가 좋으니 우리 더 자주 보자."

날씨가 좋아서 내가 보고 싶다니 이보다 더 낭만적인 말이 어디 있을까. 날씨가 좋아서 내가 더 보고 싶다면 나는 매일매일이 오늘 같은 날씨이기를 바랄 것이다. 먼저 보고 싶다고 말하는 네가 너무 보고 싶어서 당장이라도 달려가고 싶었다. 너는 아닐 수도 있겠지만 나에게는 그 말이 나를 사랑한다는 말로 들렸기 때문이다. 내 마음대로 그렇게 해석해 버린 탓에 나는 너를 더 사랑하게 되어 버렸다.

사실 '보고 싶다'는 말은 하기 쉽지 않다. 아무래도 지는 듯한 느낌이 들기 때문이다. 내가 누군가에게 "네가 보고 싶다"라고 말하는 건 "너를 사랑한다"라는 말과 다를 게 없기 때문이다. 먼저 사랑을 말하는 일은 쉽지 않은 일이다. 요즘 같은 세상에는 더더욱 쉽지 않다. 너를 사랑한다고 먼저 말해버리는 일은 나의 약점을 보여주는 일. 너에게 내 진심의 진심을 다 보여주고 나는 그저 기다리는 일. 그래서 보고 싶다고 말한 뒤에는 이상하게 상대의 반응을 기다리게 된다. 꼭 선생님의 채점을 기다리는 어린아이처럼. 마음을 바들바들 떨며 움츠린 상태가 된다. 그런데 이상하게도 그럼에도 불구하고 먼저 보고 싶다고 말하고 싶은 사람들이 있다. 또 나에게 먼저 보고 싶다고 말하는 사람들이 있다. 먼저 말하는 건 지는 것임을 아는데도 기꺼이 내가 지고 싶은 사람들이 있다. 당신들이 너무 좋아서 이만큼이나 사랑한다고 자꾸자꾸 말하고 싶게 만드는 사람들. 내가 보고 싶은 사람들은 나에게 사랑을 보여주는 사람들이다. 사랑을 주는 사람들과는 다르다. 사랑을 목격하게 만드는 사람들. 그래서 그 순간을 사랑할 수밖에 없게 만드는 사람들이 있다. 그런 사람들과 함께하면 마음이 충만해진다. 지는 일과 이기는 일의 경계가 흐릿해진다. 져도 진 것 같지 않고 이겨도 이긴 것 같지 않다. 그래서 그냥 뱉어내고 본다. 마음을 숨기지 않고, 재고 따지지 않고, 지는 걸 두려워하지 않으면서.

보고 싶어도 볼 수 없는 사람들과 보고 있어도 그리워지는 사람들, 한때는 보고 싶은 사람이었으나 지금은 멀어져 버린 사람들을 떠올린다. 우리는 서로에게서 무엇을 보았을까. 그리고 어떤 걸 보고 싶어 하는 걸까. 내가 보고 싶은 사람들은 이미 다 아는 얼굴들. 한 번도 본 적 없는 얼굴이 아니라 이미 본 얼굴들. 예전에 보았고 오늘도 보았으며 내일도 볼 얼굴들. 다 알고 있다고 믿지만 사실은 하나도 모르는 당신들의 얼굴이 보고 싶다. 이 마음은 내가 쓰고 싶은 문장은 이미 다른 작가들의 탁월한 글 속에서 존재한다는 걸 알면서도 글을 쓰고야 마는 사람의 마음과도 비슷할 것이다. 내가 쓰지 않는 이상, 나는 아무리 읽어도 그 문장을 이해하지 못할 테니까. 내가 쓸 수 있게 되었을 때 나는 비로소 그 문장을 이해하게 될 테니까.

아무리 봐도 이해하지 못할 당신의 얼굴이 보고 싶다. 나를 바라보고 있는 얼굴이든 나를 통해 당신을 바라보고 있는 얼굴이든 무엇이든 보고 싶다. 보고 있는 건 좋은 일이니까. 우리는 서로를 바라보고 있는 동안은 외롭지 않을 테니까. 오래오래 바라볼수록 나는 쓰고 싶

은 문장들이 많아질 것이다. 보고 싶은 마음이 글을 쓸
수밖에 없게 만들듯이.

벌인지 상인지 모를

진진은 오늘 엉덩방아를 찧었다. 아르바이트를 하던 중 바퀴 달린 의자에 올라가 일을 하다가 그만 넘어지고 만 것이다. 그 의자에 올라갔다 내려오기를 20번은 넘게 했는데 오늘은 무사히 발부터 착지하지 못하고 엉덩이부터 착지해 버렸다. 아픈 엉덩이를 부여잡고 비명을 지른다. '으아아아악!' 물론 속으로 지른다. 밖에는 손님도 있고 다른 직원들도 있으니 저렇게 크게 소리 지를 수 없다. 의자에서 떨어진 것뿐인데 마치 63 빌딩에서 떨어진 듯한 기분이 든다. 새삼 번지점프를 도전하는 이들이 대단해진다.

진진은 오늘 아침 오랜만에 성경책을 펴 읽었다. 눈을 뜨고 아침을 먹은 뒤 성경을 읽어야겠다는 생각이 든다. 왜인지는 잘 모른다. 오늘 읽을 말씀은 '욥기'. 욥은 하나님을 경외하며 찬양하는 아주 신실한 사람이다. 하나님은 이런 욥를 아끼신다. 욥은 재산이 아주 많다. 자식들도 많다. 그런데 어느 날, 하나님은 욥의 모든 재산과 가족과 건강마저도 다 거둬들이신다. 욥은 처음에는 여전히 하나님을 찬양하는 듯 하나 나중에는 결국 원망하며 묻는다. 왜 나를 이렇게 만들었냐고. 나에게 이렇게 벌주시는 이유가 무엇이냐고. 하나님은 명확한 대답은 하지 않으시고 세상 만물이 이 세상에서 운행되는 여러 장면을 보여주신다. 그러고는 욥에게 묻는다. "너는 이 세상을 다스릴 수 있느냐?" 욥은 하나님의 위대하심을 인정하고 우리는 이해할 수 없는 하나님의 뜻을 높이며 찬양한다. 그리고 하나님은 욥에게 다시 복을 주신다. 예전보다 두 배로 복을 주신다. 욥기에서는 두 가지를 알 수 있다. 세상은 공평하지 않다는 것. 내가 아무리 착하고 성실하게 살아도 언제든 폭풍우를 만날 수 있다는 것. 욥이 모든 재산과 가족을 잃은 것이 욥이 잘못해서 벌을 받은 것이 아니듯이 두 배로 복을 받은 것도 욥이 잘해서 상을 받은 것이 아니라는 것. 그저 하나님의 크나큰 통치 안에서 일어난 일이라는 것.

진진은 쓰라린 엉덩이를 문지르며 생각한다. 오랜만에 성경책을 읽었으면 상을 주셔야 하는 것 아닌가? 그런데 왜 벌을 주시지... 아참, 잘하고 못해서 상을 주고 벌을 주는 게 아니라고 했지. 근데 아무래도 엉덩방아는 벌인 것 같은데.... 진진은 벌인지 상인지 알 수 없는 엉덩이의 아픔을 참으며 일을 한다.

일이 끝나고 집으로 돌아가는 길에 수혁이에게 전화를 건다. 그러고는 기다렸다는 듯이 투덜거린다.

"나 오늘 의자에서 넘어져서 엉덩방아 찧었어! 아무래도 멍든 것 같아. 발목도 좀 아픈 것 같고?"

그럼 수혁이는 걱정스러운 목소리로 진진을 나무란다.

"조심했어야지! 또 다쳤어? 으이구...여튼 하루도 멀쩡한 날이 없다 없어!"

진진은 계속 수혁이에게 하소연을 한다. 엉덩이도 아프고, 배도 고프고, 발목도 아프고, 집에는 아무도 없고.... 수혁이 앞에만 서면 진진은 세상 힘들고 불쌍한 사람이 된다. 사실 그 정도는 아닌데. 진진이 생각하기에도 너무 오바했나 싶지만 그냥 오늘은 불쌍한 진진이 되기로 하며 넘어간다. 수혁이 잠시 쉬러 간 사이에 진진은 친구와 카톡을 한다.

"나 오늘 엉덩방아 찧었어. 엉덩이에 금 간 거 아닐까?"

친구는 카톡을 보고 답한다.

"내가 호~해줄게. 나는 어제오늘 세상이 나를 너무 괴롭혀서 길에서 울었어."

진진은 답한다.

"헉 너도 내가 호~ 해줄게. 그런데 나는 엉덩인데 괜찮겠어? 감당 가능해?"

친구는 엉덩이는 좀 고민을 해봐야겠다며 진지한 답을 내놓는다.

애정과 개그 그 사이 어딘가의 대화 속에서 진진은 깔깔거리며 웃는다. 그렇게 웃고 나니 엉덩이의 아픔이 좀 가신듯한 기분이 든다. 호~해주는 친구가 있다면 엉덩방아를 열 번은 더 찍어도 좋을 것 같다는 생각과 친구의 눈물도 호~ 한 번에 날아가버리면 좋겠다는 생각을 한다.

그렇게 수혁이가 가고 친구가 가자 마침내 엄마가 온다. 띡띡띡 도어락 소리가 들린다. 진진은 기다렸다는 듯이 달려가 엄마에게 말한다.

"엄마!! 나 오늘 넘어져서 엉덩이 다쳤어.... 멍든 것 같아...."

엄마는 얼굴 표정을 잔뜩 찡그리고는 진진의 몸 여기저기를 살핀다. 그러고는 근육통 약과 파스를 준비한다. 자고 일어나서도 아프면 병원에 가보자는 말과 함께. 진진은 약을 먹고 파스를 붙인 뒤 방에 누워 드라마를 본다. 송강의 잘생김에 감탄한다고 정신없을 때 밖에서 진진을 부르는 엄마의 목소리가 들린다.

"진진, 자니?"

"응? 나 아직 안 자지~"

엄마는 진진의 방에 들어와 진진의 침대에 앉는다. 그러고는 기도를 한다. 지금까지 안 다치고 안전하게 지켜주셔서 감사하고, 오늘 넘어졌어도 크게 다치지 않아서 감사하고, 넘어지고 나서도 오늘 할 일들을 모두 무사히 마치게 해 주셔서 감사하다고. 우리는 이해할 수 없는 지혜로 세상을 다스리시는 주님께서 진진의 아픈 곳도 다 낫게 해 달라고. 진진은 참 이상한 하루라는 생각을 한다. 벌 같은 엉덩방아와 상 같은 수혁이의 걱정과 친구와의 대화와 엄마의 기도. 벌 같기도 상 같기도 한 오늘을 떠올리며 진진은 다시 송강의 얼굴에 집중한다. 내일아침이면 진진의 엉덩이는 다 나아있을 것이다. 진진은 언제 그랬냐는 듯 엉덩이를 씰룩거리며 다시 벌인지 상인지 모를 하루를 시작할 것이다.

우리는 매일 조금씩 더 나아지고 있다

~~~~~~~~~~~~~~~~~~~~~~~~~~~~~~~~~~

각자 숙제로 써 온 글 한 편을 소개한 뒤 조금의 수다
가 이어지고 나면 어김없이 정적의 시간이 찾아온다. 오
늘의 글을 써야 하는 시간이다. 다음 숙제로 써 올 글감
만 정해도 되고 반만 적어도 되고 완성하지 않아도 되지
만 스스로 정한 규칙이 있다. 글이 죽이 되든 밥이 되든
시간 안에 한 편을 무조건 완성할 것. 매번 좋은 글이 나
오면 좋겠지만 그건 불가능하기에 그저 완성하는 것에
의의를 둔다. 끝맺음 짓는 것도 습관이라고 생각하기 때
문이다. 보통 한 시간 남짓한 시간을 주시는데 그 안에
한 편의 글을 완성하는 사람은 나밖에 없다. 언제나 다
른 학생들은 나를 보며 놀랍다는 듯이 물으신다.

"어떻게 이렇게 짧은 시간에 글을 완성해요?? 나는
아직 반도 못 적었어~"

나는 그저 멋쩍다는 듯이 하하 웃고는 완성만 했지 글다운 글이 아니라고, 어디 내밀지도 못하는 글이라고 말하곤 한다. 그런데 어느 날 선생님께서 그런 나를 빤히 보시다가 나 대신 대답해 주신다.

"예진 학생은 항상 글을 쓰니까요. 다음이 있으니까 지금 꼭 잘 쓸 필요가 없는 거지. 잘 써야 한다는 욕심도 없고. 그러니까 그냥 술술 한 번에 쓰는 것 같아요."

선생님은 내 마음을 어떻게 아셨을까. 내가 글쓰기 수업에 등록한 이유도 '더 잘 쓰기 위해서' 보다는 '계속 쓰기 위해서'이기 때문이다. 나는 글을 잘 쓰는 사람보다는 오래 쓰는 사람이 되고 싶다. 끝까지 살아남는 사람이 되고 싶다. 언젠가 사람들이 뒤돌아봤을 때 너 아직도 그러고 있냐고 말하는 삶을 살고 싶다. 그런데 오래 쓰려면 힘이 필요하다. 아무도 반응해 주지 않아도 실망하지 않을 담담함과 계속해서 나에 대해 말할 용기와 세상을 사랑할 힘과 내가 글을 써도 되는 사람이라는 믿음. 그리고 더 나은 이야기를 쓸 수 있을 것이라는 희망. 이 희망이 내가 계속해서 글을 쓸 수 있게 해 준다.

어제는 하하를 만나고 왔다. 나는 하하를 만나고 오면 꼭 글이 쓰고 싶어 진다. 슬아 작가님도 다솔 작가님을 만나고 오면 글이 쓰고 싶어진다 그랬는데 이제는 그 말을 이해할 수 있을 것 같다. 내 글에 자주 등장하는 하하. 하하는 원래 글과는 거리가 먼 사람이지만 내가 글을 쓴 이후로, 아니 정확하게 말해서 나의 글에 자신이 등장한 이후로 내 글을 꼬박꼬박 챙겨 읽는다. 종종 답변도 온다.

"작가님, 여기서 당신은 누구를 칭하는 건가요?"

"작가님, 이번 글은 좀 질투가 나서 읽다가 말았습니다."

나를 매번 작가님이라고 불러주는 하하는 나의 친구이자, 내 글을 찾아주는 독자이자, 나의 응원자이다. 그리고 하하는 미래를 기억하는 사람이다. 아직 일어나지도 않은 미래를 어떻게 기억하냐고? 이 이상하고도 앞뒤가 맞지 않는 말은 김연수 작가님의 '이토록 평범한 미래'라는 책에서 나오는 말이다. 우리는 아직 일어나지 않았고 어떤 일이 일어날지도 모르는 미래를 보통 걱정한다. 앞으로 나의 삶은 어떻게 흘러갈지, 취업은 할 수 있을지, 이 관계가 지속될 수 있을지, 새로 시작하는 이 사업이 잘 될지, 건강은 나빠지지 않을지.... 그리고 우리의 인생이 큰 파도를 맞닥뜨릴 때 이 걱정은 우리를 집어삼킨다. 다시는 일어날 수 없을 것처럼. 우리의 미래에는 영원히 어둠만 가득할 것처럼. 이때 김연수 작가님은 말한다. 그럴 때일수록 우리가 해야 하는 건 미래를 기억하는 일이라고. 다시 일어나서 평범한 아침을 맞이하고 주변 사람들과 인사를 나누며 점심식사를 고민하는 그런 평범한 미래. 봄이 오면 벚꽃을 보고 겨울이 오면 크리스마스를 기다리는 그런 미래. 그런 미래를 기억한다면 우리는 어둠 속에서도 빛을 찾을 수 있으니까. 살다 보면 그런 평범한 날은 반드시 돌아오니까. 하하는 누구보다 미래를 잘 기억하는 사람이다. 하하는 어둠보다는 빛으로, 슬픔보다는 기쁨으로 미래를 기억한다. 그리고 기대한다.

글도 사랑도 삶도 다음이 있기에 나는 계속할 수 있다. 그리고 다음이 있기에 기억한다. 매일 조금씩 더 나아지고 있는 나. 더 나아가고 있는 나. 내일의 나는 더 좋은 이야기를 쓸 것이고, 당신들을 더 사랑할 수 있을 것이고, 더 나은 삶을 살 수 있을 것이다. 오늘의 별로인 글과 사랑하지 못했던 시간과 나빴던 삶을 뒤로하고 다음을 기약하는 우리가 되기를. 삶은 계속되고 우리는 매일 조금씩 더 나아지고 있으니까.

새해에는

～～～

새해예요. 오늘의 1월 1일은 생각보다 덤덤한 마음으로 맞이했어요. 원래 12월 31일은 모든 시간에 의미를 부여하거든요. 올해의 마지막 2시야! 마지막 5시야!라고 호들갑을 떨면서요. 그러다 오후 11시가 되면 자꾸만 시계를 보는 거예요. 흘끗흘끗 신경 안 쓰는 척하면서 올해의 마지막 날이 몇 분이나 남았는지 자꾸 확인해요. 그런데 오늘은 그러고 싶지 않았어요. 아직 올해를 떠나보낼 준비가 되지 않았고, 실감도 나지 않았거든요. 고작 59분에서 1분 지났을 뿐인데 새해가 되었다는 게 기분이 이상했어요. 1분 전의 나와 1분 후의 나는 그대로고, 내 옆의 사람도 그대로고, 2024년이 되어도 나는 여전히 나이고.

핸드폰의 시계가 00:00를 가리키면 하나씩 알람이

울려요. 여기저기서 서로의 행복을 빌어줘요. 너무 흔한 말이지만 듣지 않으면 섭섭한 말. 새해 복 많이 받으라는 말. 우리는 복이 무엇인지, 어떻게 하면 복을 받을 수 있는지 모르지만 일단 서로의 복을 신경 써줘요. 새해에는 복 많이 받으라고. 아프지 말고, 건강하고 행복하게 새해를 맞이하자고. 나는 모든 새해 인사에 하나하나씩 구체적으로 답해주고 싶어요. 네가 나에게 해준 새해 복 많이 받으라는 말이 너무 반갑고 고마워서 나는 이미 받을 복을 다 받은 것 같아. 우리 올해는 덜 울고 더 웃자. 너에게 올해 새해 복 많이 받으라고 말할 수 있어서 참 기뻐. 우리가 언제까지 새해 안부를 물을 수 있을지 모르겠지만 올해의 나는 너에게 이 말을 할 수 있어서 좋아. 새해 복 많이 받으라는 말이 아무 힘없는 그저 안부 인사일 수도 있어. 이 말을 들었다고 해서 우리가 복을 더 받게 될지 아닐지 아무도 몰라. 하지만 우리는 매년 서로의 새해 복을 빌어주지. 문자로 전화로 인사로. 새해 복 많이 받으라고 말하지. 나는 이런 불확실한 행동을 반복하는 우리에게서 희망을 봐. 보이지 않는 것을 믿는 우리. 알 수 없으나 서로의 복을 비는 우리. 세상이 너무 싫다고 말하지만 사실은 살고 싶은 우리. 네가 있어서 내가 있어. 올해도 우리 같이 잘 살아 보자. 어김없이 널 응원해.

나는 이 긴 말들을 썼다 지웠다 해요. 결국 고민하다 그냥 새해 복 많이 받으라는 말속에 저 긴 말을 숨겨놔요. 아직은 용기가 없거든요. 내가 지금 이 글을 쓰는 것도 모두에게 저 말을 보낼 수 없어서일지도 몰라요. 말하지 않으면 모르니까요. 꼭 말해야만 아는 것도 있으니까요.

나는 조금 촌스러운 사람이에요. 아무리 세련된 척 흉내를 내봐도 타고난 촌스러움은 숨길 수가 없나 봐요. 떠나가는 모든 것에 미련을 가득 남기고, 쿨하지 못하고, 쉽게 웃고 쉽게 울고. 예전에는 그 촌스러움이 싫었어요. 나도 쟤처럼 되고 싶은데. 나는 왜 그렇지 못할까. 나는 왜 아무리 노력해도 그 사람이 될 수 없는 걸까. 그런데 있잖아요, 그 촌스러움이 나를 만드는 거 있죠. 그 촌스러움이 없으면 나는 더 이상 내가 아닌 거예요. 그래서 그냥 인정하기로 했어요. 내 촌스러움을 받아들이기로 했어요. 그래서 이제는 그냥 말해요. 좋으면 좋다고 슬프면 슬프다고 행복하면 행복하다고. 내가 좋아하는 것들에 가치를 매기지 않기로 해요. 꼭 멋있고 예쁜 것들만 좋아해야 하나요. 그냥 내가 좋으면 좋은 거잖아요. 나 조차도 매 순간 멋있고 예쁠 수 없는데 어떻게 빛나는 것들만 좋아하나요. 나의 촌스러움을 사랑하면서 더 너그러운 사람이 되고 싶어요. 당신의 촌스러움도 당신의 매력으로, 조금 귀여운 구석으로 보고 싶어요. 그렇게 나에게도 당신에게도 더 넓은 사람이 되고 싶어요.

내가 받은 것들에 대해 생각해요. 나는 아무것도 한 게 없는데, 나의 노력으로는 얻을 수 없는 복들을 지금까지 참 많이도 받고 살았어요. 그런데도 자꾸 더 받고 싶어 해요. 더 채우고 싶어 해요. 어리석고 교만한 나의 모습이에요. 나는 내가 쓰는 글처럼 살지 못해요. 희망적이기보단 두려워하고, 당신을 사랑하기보다는 나를 사랑하고, 주기보다는 받는 게 더 좋고, 너보다 나를 더 먼저 생각해요. 하지만 나는 오늘도 적어요. 희망을 사랑을 우리를. 자꾸자꾸 쓰다 보면 그런 사람이 되어 있을지도 모르잖아요. 그렇게 살기 위해 한 번이라도 더 노력하게 되잖아요.

새해네요. 나는 여전히 나고, 촌스럽고, 내 옆의 사람도 풍경도 그대로예요. 아무것도 바뀌지 않았어요. 나는 올해에도 계속 사랑을 말할 거예요. 여전히 그렇게 살 거예요. 그리고 나는 다짐해요. 새해에는 더 좋은 사람이 되어야지. 더 사랑해야지. 더 넓어져야지. 그렇게 매년 다짐하며 지금까지 왔어요. 올해는 다짐하기보다는 기도해요. 당신이 더 행복하기를. 더 따뜻하기를. 그래서 더 살기를. 그렇게 서로의 희망이 되어 주기를.

내년에도 1월 1일이 되면 우리는 어김없이 서로에게 새해 복 많이 받으라고 말할 거예요. 매년 듣는 말이 매번 반가웠으면 좋겠어요. 모두 새해 복 많이 받아요!

멈추지 않는 사랑

〜〜〜〜〜

글을 자주 쓰고 많이 쓰다 보면 내 글이 너무 진부한
게 아닌가 하는 생각을 해요. 말하고자 하는 바도, 글의
주제도, 내용도 형식도 다 너무 비슷한가 하는 딜레마
에 빠지지 않을 수 없어요. 하지만 어떡하겠어요? 일단
쓰고 보는 거예요. 나는 글을 쓰지 않고는 못 배기는 인
간이니까요. 글을 쓰고 나면 또 내가 조금은 더 괜찮은
인간이 되어있는 것 같으니까요.

오늘은 외할머니를 뵙고 돌아오는 길이었어요. 아주
가끔은 밉고 자주 사랑스러우신 조영석 씨는 평생 부
산 영도에 살다가, 외할아버지가 돌아가신 후로는 큰삼
촌이 계시는 충청남도 공주로 이사를 하셨어요. 그래서
이제는 마음먹고, 아빠가 휴가를 내야지만 뵈러 갈 수
있게 됐죠. 엄마는 여느 때처럼 할머니를 뒤로하고는

훌쩍거리시고, 아빠는 당신 또 우나~하면서 휴지를 건네셨죠. 뭐 너무 익숙한 풍경이라 이제는 놀라지도 않아요. 뒷자리에서 슬 잠들려고 자리를 잡는데 눈을 의심할 장면을 포착했어요. 엄마도 아니고 아빠가, 엄마에게 손을 쓰윽 건네는 거예요. 그러면 엄마는 아빠 손을 보지도 않고 그냥 잡아요. 아주 자연스럽다는 듯이요. 세상에 우리 엄마아빠도 손을 잡는군요! 매번 우리 앞에서는 과한 애정 표현을 하지 않는 두 분이라 더 신기하게 다가와요. 분명 엄마아빠도 엄마, 아빠가 아닌 민주 씨 동윤 씨였던 적이 있을 텐데 제가 그걸 간과하고 있었던 거죠.

긴 운전이 지루했던 아빠는 엄마에게 노래를 틀어보라고 하고, 엄마는 그때 그 시절 노래인 대학가요제 메들리를 틀어요. 이제부터 시작되는 거예요. 그들만의 리그가. 누가 먼저 노래 제목 맞추나! 사실 대부분의 승리는 아빠가 가져가요. 대결의 의미가 있나 싶을 정도로 아빠가 많이 맞추지만 엄마는 오히려 대단하다는 눈빛으로 아빠를 바라봐요. 대학 시절, 노는 데에는 빠지지 않았다는 아빠의 말이 믿어지는 순간이에요. 그 순간,

핸드폰에서 '그대에게'가 흘러나와요. 우리 셋은 하나
가 되어 떼창을 해요.

　숨 가쁘게 살아가는 순간 속에도
　우리는 서로 이렇게 아쉬워하는걸
　아직 내게 남아 있는 많은 날들을
　그대와 둘이서 나누고 싶어요~

엄마가 가방에서 츄파춥스 두 개를 꺼내요. 그러고는
아빠에게 청포도 맛(알고 보니 레몬 맛이었지만….)을,
엄마는 엄마가 제일 좋아하는 딸기 크림 맛을 입에 물
어요. 사탕을 열심히 먹던 아빠가 한마디 던져요.

"어우 여보 이거 너무 신데???"

"오잉 그래요? 이상하네~ 청포도 맛인데 왜 시지?"

"헐 엄마 그거 레몬맛이야.. 제일 맛있는 거 엄마 먹고
다른 거 아빠 줬네!ㅋㅋㅋㅋ"

"아니~ 아빠는 뭐든 잘 먹으니까~ㅎㅎㅎ"

아빠는 모녀의 대화는 개의치 않는다는 듯, 아빠의 삶처럼 시고도 단 사탕을 입에 물고 묵묵하게 운전을 하세요.

엄마 아빠의 대화가 내가 수혁이와 나누는 대화와 별반 다르지 않다는 걸 깨달아요. 나이가 들어도 사랑은 늙지 않나 봐요. 우리의 그 풋풋함은 없지만, 더 깊은 배려가 담겨있는 사랑을 엄마아빠의 대화에서 발견해요.

내가 글쓰기를 멈출 수 없는 이유는 사랑은 멈추지 않기 때문이에요. 내가 살아가는 한, 사랑도 계속되기 때문이에요. 그리고 그 사랑은 매번 다른 모습으로 나에게 다가오기 때문이에요. 100가지의 삶이 있다면 100가지의 사랑이 있으니까요. 살아가면서 최대한 많은 사랑을 포착하고 싶어요. 나에게 살아가는 일은 사랑하는 일이에요.

물을 마시려 잠시 거실에 나가요. 구부정한 자세를 하

고는 엄마의 다리를 만져주고 있는 아빠를 발견해요. 예전의 총기와 예리함은 사라졌지만, 다정함과 여유가 담긴 아빠의 눈빛. 그리고 그런 아빠에게 힘을 쭉 뺀 상태로 다리를 맡긴 채 누워 있는 우리 엄마. 나는 왜 눈물이 고이는 걸까요. 무심한 듯 꾸준한 아빠의 손길에서, 졸린 듯 편안해 보이는 엄마에게서 멈추지 않는 사랑을 포착해요. 내가 어제도 살고, 오늘도 살고, 내일도 사는 것처럼 어제도 오늘도 내일도 사랑하는 내가 되고 싶어요. 멈추지 않을 사랑이 나를 흘러 당신들에게 닿기를 바래요. 삶이 멈추지 않는 한, 사랑도 멈추지 않을 테니까요.

2.
사랑이 무엇인지
끝끝내 모른다고 해도

우리 꼭 같이 호랑이를 보자

~~~~~~~~~~

오늘은 집으로 돌아오는 길에 문득 조제 생각이 났어. 조제 알지? 조제, 호랑이 그리고 물고기들의 그 조제. 참 이상한 영화야. 처음 봤을 때는 허탈했고, 두 번째 봤을 때는 슬펐고, 세 번째 봤을 때는 그냥 네가 많이 보고 싶었어. 왜 우리 같이 보기도 했잖아. 물론 너는 보다가 중간에 잠들어버렸지만. 조제는 사랑하는 사람이 생기면 꼭 그 사람과 함께 호랑이를 보러 가겠다고 마음먹어. 그래서 자신의 연인인 츠네오와 함께 동물원의 호랑이를 보러 가지. 조제는 호랑이를 무서워하면서도 다가가기를 주저하지 않아. 사랑하는 츠네오의 손을 잡고 움찔거리면서도 끝까지 호랑이를 바라보는 조제의 모습이 아직도 눈에 선해.

조제는 왜 하필 호랑이가 보고 싶었을까? 그것도 사

랑하는 사람이랑. 예쁜 바다를 보러 갈 수도 있고, 재밌는 연극을 보러 가도 좋고, 굳이 동물이 보고 싶다면 토끼, 강아지, 판다처럼 귀여운 동물들도 많잖아. 솔직히 연인과 호랑이는 어울리지 않는다고 생각했어. 그런데 호랑이 생각을 하다가 너랑 놀이공원에 간 생각이 났어. 난 겁이 많아서 웬만큼 무서워 보이는 놀이기구는 절대 타지 않아. 그래서 너와 처음 놀이공원을 갔을 때 우리 사진만 잔뜩 찍고 왔잖아. 그 비싼 입장료를 내고, 우리는 비싼 추억들만 잔뜩 쌓고 왔지. 우리의 두 번째 놀이공원은 듬직하고 다정한 너의 형과, 형의 다정을 한 몸에 받고 있는 형의 애인과 같이 갔어. 여자애 둘은 절대 절대 롤러코스터를 타지 않겠다고 우겼고, 너와 너의 형은 한 번만 같이 타자고 계속 우리를 설득했지. 나는 그냥 타는 거 지켜보기만 해도 괜찮은데. 왜 자꾸 같이 타자고 하는 걸까. 긴 줄을 기다리는 내내 나는 숨을 크게 쉬었다가, 발을 동동 굴렀다가, 너를 째려봤다가, 너에게 안겼다가 난리도 아니었어. 너는 그런 내가 웃긴다는 듯 웃기만 했고. 우리의 차례가 다가왔을 때 난 정말 당장이라도 도망치고 싶었어. 왜 탄다고 했을까. 아 왜 그랬을까. 지금이라도 그냥 널 버리고 가버릴까. 하지만 어떻게 그러겠어. 내 손을 꽉 잡고 있는 너를 믿고 그냥 롤러코스터에 몸을 실었어. 그다음은…. 네가 너무 꽉 쥐고 있어서 아팠던 손의 감각밖에 생각나지 않아. 눈을 뜨는 건 상상도 못 할 일이지. 나는 그냥 몸을 잔뜩 웅크린 채로 끝나기만을 기다렸던 것 같아.

아마 난 다른 사람이었다면 절대로 롤러코스터를 같이 타지 않았을 거야. 어떤 말로 나를 설득해도 넘어가지 않았을 거야. 너라서 같이 탄 거야. 내가 세상에서 가장 무서워하는 것이라도 해도, 네가 옆에 있으니 탄 거야. 너랑은 뭐든 같이 하고 싶으니까. 기쁨과 행복뿐만 아니라 슬픔, 아픔, 두려움까지도 같이 느끼고 싶으니까.

조제도 그런 마음 아니었을까. 내가 가장 사랑하는 사람과, 내가 가장 무서워하는 것을 보고 싶은 마음. 혼자서는 절대 못할 일을 너의 손을 꽉 잡고 해내고 싶은 마음. 무서움과 두려움은 우리를 가장 애틋하게 만들기도 하니까. 내 옆에 있는 너의 존재를 어떤 순간보다 크게 느껴지게 해 주니까. 아무리 큰 두려움 앞에서도 너의 손을 잡고 있다면, 나는 두려움보다는 너의 손의 온기와 꽉 쥐고 있는 힘을 느끼겠지.

다음에는 우리 세상에서 가장 무서운 공포 영화를 보러 가자. 무섭게 생긴 귀신도 막 튀어나오고, 스산한 음악도 들리는 영화를 보러 가자. 무서운 장면이 나오면 나는 기다렸다는 듯이 네 품에 숨을게. 너는 내 옆에 딱 붙어서 내 온기를 느끼면 돼. 그리고 나면 우리는 그 어떤 두려움도 맞설 수 있을 거야. 세상에 공포영화보다 무서운 일이 우리 앞에 일어나도 우리는 괜찮을 거야. 그때도 우리는 변함없이 서로의 손을 아주 꽉 잡고 있을 테니까. 내가 너보다 더 세게 잡아줄게. 꽉 잡은 손이 아파서 다른 것에는 집중할 수 없도록. 세상이 주는 아픔은 내 손의 힘에 못 이겨 얼른 도망가 버리도록.

바라보는 일

~~~~~~~

아르바이트를 하다가 문에 손가락이 끼었어. 손님들 앞이라 소리도 크게 못 내고 웃으면서 그 자리를 나왔어. 이따가 보니까 손톱과 살 사이에서 피가 나는 거야. 그제서야 손가락이 얼얼하니 아파오는 거 있지? 어찌나 아프던지 눈물이 찔끔 나올 것 같았어. 나는 피가 고인 손가락을 부여잡고 이러지도 못하고 저러지도 못하다가 그냥 너에게 카톡을 보냈어. 피가 나는 손가락을 찍어서 보내고는, 너무 아프다고 정말 눈물 날 것 같다고, 어떡하냐고 막 어리광을 부렸어. 카톡을 본 너는 놀래서는 바로 전화가 왔지. 손님들 앞에서는 그렇게 씩씩하게 말하던 나였는데 네 목소리를 듣자마자 눈물이 핑하고 나왔어. 나는 그저 아프다고만 하고 있고, 너는 인터넷에 막 찾아보고. 사실 네가 말해준 정보들이 큰 도움이 되지는 않았어. 그런데 너랑 전화를 끊고 나니까 신기하게도 조금 덜 아픈 것 같은 거야. 너의 걱정 어린 목소리와 조금은 화난 듯한 목소리가 계속 머릿속을 맴돌았어. 손이 아파올 때면 그 목소리를 계속 떠올렸어. 그러면 나의 아픔에 어느 정도 타당성이 부여됐거든. 나보다 더 나를 걱정해 주는 너의 그 마음이 느껴지는 것 같았거든.

있지, 자신보다 더 사랑하는 게 있을 수 있을까. 너는 어떻게 생각해? 나는 아무리 생각해도 나를 사랑하기 위해 너를 사랑하는 것 같거든. 너를 향한 내 사랑은 결국 그 끝에는 나에 대한 사랑인 것 같거든. 우리는 분명 서로를 사랑하는데, 그 사랑이 온전히 너를 향한 사랑인지 아니면 나를 사랑하는 방식 중 하나인 건지 잘 모르겠어. 우리는 우리 스스로를 사랑하기에는 나 자신을 너무 잘 알기에 서로의 눈을 빌려 나를 보고자 하는 게 아닐까. 내 눈에는 너의 단점, 약점들이 그저 귀여운 구석으로 보이는 것처럼 나의 단점과 미운 부분들이 너에게는 그렇게 크게 다가오지 않잖아. 나는 너를 통해 비로소 나를 조금 더 사랑하게 되는 거야.

큰 사람, 아주아주 큰 사람이 그러더라고. 나는 너를 사랑하고, 너는 나를 사랑하면서 나를 사랑하는 너를 바라보고, 너를 사랑하는 내 모습을 네가 봐주면 그게 사랑 아닐까. 보는 것. 봐 주는 것. 어쩌면 사랑은 그저 오래 지켜보고 있는 것일지도 몰라. 사랑은 주고받는 것보다는 그냥 보는 거야. 나는 너를 보고 너는 나를 보는 거야. 주는 것과 받는 것은 반드시 무게가 생기잖아. 누가 더 많이 주고 누가 더 많이 받았는지 잴 수밖에 없잖아. 하지만 보는 것에는 무게가 없지. 나의 생각, 방식을 내려놓고 그저 너를 보기만 할 때 나는 너의 사랑을 제일 많이 느낄 수 있는 것 같아.

너는 길을 걸을 때 무거운 내 짐을 다 들어주고, 밥 먹다가 숟가락이 떨어지면 나보다 빨리 일어나 새 숟가락을 가져다줘. 그리고 축구하러 가기 전, 영화를 보러 가기 전에 사랑한다고 카톡을 남겨 놔. 틈만 나면 나에게 전화를 걸고 너의 하루 일상을 하나도 빼놓지 않고 나에게 말해주지. 무엇을 먹었는지, 어떤 일이 있었는지, 친구들과 어떤 대화를 나눴는지. 너의 것을 나에게 주는 일에 하나도 아끼지 않아. 내가 너를 바라보고 있을 때 느낀 사랑들이야. 어떤 대상을 똑바로 향하여 보는 걸 '바라본다'라고 한대. 너를 똑바로 서서 바라볼 때 느낄 수 있는 사랑이 이렇게나 많은데. 나는 왜 자꾸만 삐딱해지는 건지 모르겠어.

그냥 네가 많이 보고 싶어. 너를 바라보면서 영원에 대해서 생각하고 싶어. 이제는 너를 사랑하는 건지 나를 사랑하는 건지 모르겠는 이 사랑을 너와 하고 싶어. 너를 사랑하는 일이 나를 사랑하는 일이 되고, 나를 사랑하는 일이 너를 사랑하는 일이 되었으면 좋겠어. 그렇게 너를 사랑했다가 나를 사랑했다가를 반복하고 싶어.

나는 언제까지나, 오래오래, 변함없이 같은 유치하고 뻔한 말들이 참 좋아. 그 유치함 속에 담겨있는 간절함이 있잖아. 뻔한 말이지만 지켜지기에는 힘든 말이잖아. 언제까지나 서로의 곁에서, 오래오래 서로를 안고, 변함없이 바라보자. 이 말을 들은 너는 아마 싱긋 웃으며 아니? 내 사랑은 점점 커질 거야! 내 사랑은 변하는 사랑이야~라고 말하겠지? 오래오래 너의 그 장난을 보고 싶어. 너와 가장 가까운 곳에서 네가 웃을 때 생기는 주름과 민망할 때 나오는 손짓과 울 것 같을 때 눈을 위로 치켜뜨는 모습을 바라보고 있을게. 내 시선의 끝에는 항상 네가 있을 거야.

흐려질수록 분명해지는 것

요즘 MZ세대의 화두는 뭐니 뭐니 해도 퍼스널 브랜딩 아닐까? 나를 전시하고, 알리고, 소개해서 나 자체가 브랜드가 되는 거지. 연예인도 그렇고 셀럽들도 마찬가지고. 내가 글을 쓰고 올리는 것도 퍼스널 브랜딩의 하나일지도 몰라. 내 글 속에는 아무래도 내가 어떤 사람인지 소개하는 내용이 많이 담기니까. 이런 중요한 퍼스널 브랜딩에 굉장히 큰 영향을 주는 플랫폼이 있는데 바로 우리가 애용하는 인스타그램이야. 내 피드를 어떻게 꾸미느냐에 따라서 사람들이 나를 판단하는데 엄청나게 큰 영향을 주지. 깜찍하고 귀여운 게시물을 많이 올리는 사람은 그런 이미지로 사람들에게 다가올 거고, 감성 있고 차분한 게시물이 많다면 다들 그 사람을 직접 보지 않아도 그런 성격의 사람이겠거니~하고 생각할 거야. 그래서 나도 내 피드를 좀 나답게 꾸미고 싶었거든. 하지만 결과는 대실패! 내 감성대로 게시물을 올렸다가도, 너와 함께한 사진을 올리는 순간 내 피드는 그냥 귀엽고 조금 오글거리고 사랑이 넘치는 럽스타그램으로 바뀌지 뭐야. 내 감성에 너 한 방울 떨어졌을 뿐인데 이렇게도 파급력이 크다니. 너와 만난 이후로 내 피드의 감성은 포기한 지 오래야. 감성 따위가 뭐가 중요하겠어. 네가 내 옆에 있다는 게 중요한 거지. 함께 찍은 사진을 보며 한번 흐뭇하게 웃고 나면 나는 그걸로 충분해.

사람들이 이제 나를 떠올릴 때 자연스레 너도 함께 떠올려. 그게 참 신기해. 선물을 받을 때도 너와 함께 먹으라거나, 같이 쓰라는 문구와 함께 선물을 건네. 나를 떠올릴 때 너도 함께한다는 건 네가 가진 맑은 웃음과 눈빛을 같이 떠올린다는 말이니까. 나야 영광이지 뭐. 내가 조금 흐려지고 그 자리에 네가 들어오는 게 싫지만은 않아.

이번에 너희 집에서 다 같이 아시안게임 축구 결승전을 본 순간을 나는 절대 잊지 못할 거야. 너희 가족에게는 우리 가족과는 조금 결이 다른 유쾌함이 있어. 예를 들면 네가 춤을 추면 아버지도 같이 일어나서 정체 모를 춤을 추시고, 아버지가 춤을 출 때 너도 옆에서 그 춤을 똑같이 따라 하지. 그 모습을 지켜보는 나와, 어머니와 형과 형의 애인은 정말 배꼽이 빠져라 웃어. 그렇게 한바탕 웃고 나면 너희 가족을 더 사랑스럽게 바라보게 돼. 그 호탕한 웃음이 언제까지나 이어지기를 간절하게 바라게 돼. 어머니와 아버지를 보면 너의 맑은 눈빛을 이해할 수 있어. 아버지의 웃음과 유머 감각, 어머니의 단순함과 귀여움을 네가 그대로 물려받았더라고. 너희 가족과 함께라면 어떤 순간에도 나도 그런 웃음을 지을 수 있을 것 같은 기분이 들어.

이번에 축구를 볼 때도 아버지가 자꾸만 일어나서 긴장을 감추지 못하시고 거실을 뱅뱅 돌아다니셨잖아. 그러다 어느새 우리도 일어나서 다 같이 거실을 뱅뱅 돌았지. 강강술래도 아니고 꼬리 잡기도 아닌 이상한 동작이었지만 나는 그 순간이 너무 좋았어. 정체도 알 수 없고 목적도 알 수 없는 그 뱅뱅 돌기를 내 인생의 명장면 중에 하나로 꼽고 싶을 정도야. 우리의 간절한 응원이 닿아서였을까, 결국 우리나라는 2대 1로 승리를 거머쥐었지. 정말 완벽한 밤이었어.

이번에는 나의 바람대로 너의 얼굴을 오래오래 봤어. 아니 사실 네가 내 얼굴을 오래오래 봤어. 네가 나를 빤히 쳐다볼 때 너는 어떤 생각을 하는지 궁금해. 그거 알아? 나를 바라보는 네 눈이 조금 촉촉해진다는 거. 오랜만에 볼수록 우리는 서로를 더 오래 바라보고 있게 되는데 난 그게 좋아. 함께 있어도 함께이지 못한 순간들이 가끔 있잖아. 하지만 우리에게는 그럴 여유가 없지. 함께 있는 동안은 어떻게든 최대로 우리는 함께여야 해. 이 찰나의 시간이 지나면 우리는 또 오래 못 볼 테니까.

네가 너의 군대 이야기를 하면서 그랬어. 군대 안의 부조리와 상사와의 관계, 동기들과의 관계 문제가 제일 스트레스라고. 왜 그렇게 다들 불만이 많고, 서로를 욕하고 이기적인 건지 모르겠다고. 그러면서 덧붙였지. 아마 우리가 앞으로 나갈 사회는 더할 텐데 괜찮을까? 나야 그렇다 쳐도 우리 예진이는 견딜 수 있을까? 흠 글쎄. 아마 많이 힘들겠지. 웃는 날보다 우는 날이 더 많을지도 모르지. 하지만 나는 네가 있다면 다 괜찮을 것 같아. 괜찮지 않은 순간에도 그 시간을 잘 견뎌낼 수 있을 것 같아. 나는 너에게 기대고. 너는 나에게 기대고. 같이 손잡고 기도하는 거지 뭐.

너와 또 작별 인사를 하고 집에 돌아가는 길에 자꾸만 눈물이 나왔어. 너무 살고 싶어졌거든. 험난하고 무서운 세상을 너와 함께 살고 싶어졌거든. 세상의 모든 이슈와 기쁜 일과 나쁜 일도 너의 목소리로 듣고 싶어졌거든. 삶을 살아가는 큰 이유 중 하나가 너무나도 연약한 사람이라는 게 때때로 나를 불안하게 만들지만, 자주 나를 행복하게 만들어. 우리는 연약하기에 사랑하니까. 약한 자리가 있어야 서로가 들어가 앉을 자리를 내어 줄 수 있으니까. 세상에는 흐려질수록 분명해지는 것도 있네. 자꾸자꾸 나를 자랑하고 내세우라는 세상에서 흐려지고 덜어낼수록 조화를 이루는 것도 있다는 걸 깨달아.

내 인스타그램에는 네가 계속 등장할 거야. 내가 쓴 글을 내가 가장 많이 읽는 것처럼 우리가 올린 게시물을 가장 많이 보는 사람도 우리일 거야. 올린 사진을 보며 우리가 가장 많이 웃고, 행복해하겠지. 그렇게 우리 같이 흐려지자. 너의 피드에는 내가 등장하고, 나의 피드에는 네가 등장하면서 흐려지고 채워가자. 너의 티 없이 맑은 미소와 씩씩한 용기를 나에게 칠해줄래? 나는 또 다른 깊은 색으로 너를 칠해볼게. 우리의 도화지가 앞으로 어떻게 채워질지 궁금해. 네가 기꺼이 붓을 잡아주기를 바라며. 사랑해.

기다리는 일

〰〰〰

    나는 요즘 크리스마스를 기다려. 거리마다 크리스마스 장식이 반짝이고, 들어가는 가게마다 캐롤이 들리는 요즘이야. 온 세상이 들썩이는데 어떻게 안 기다리고 배기겠어? 오늘은 일하는데 캐롤이 아주 크게 들리는 거야. "All I want for Christmas is you~~~" 분명 아침 일찍 출근해야 해서 너무 피곤했거든. 잠도 제대로 안 깬 상태에서, 지하철을 40분이나 타야 했거든. 그런데 캐롤이 들리자마자 너무 신나는 거야. 아 같이 신나할 누군가가 있었다면 좋을텐데 라고 생각하며 마음속으로 춤을 췄어. 분명 나와 같이 춤을춰줄 하하와, 설레하는 나를 바라보며 더 큰 춤을 출 네가 생각이 났어. 그런데 네가 저번에 그랬잖아, 왜 크리스마스를 기다리냐고. 처음 그 말을 들었을 때 애는 무슨 생뚱맞은 소리를 하나 싶었어. 왜 기다리냐니. 크리스마스니까 기다리지.

크리스마스는 그냥 신나고, 즐겁고, 설레고, 기다려지잖아. 그런데 그 말이 내내 머릿속을 맴돌았어. 나도 궁금해진 거야. 우리는 왜 크리스마스를 기다릴까. 내 생일도 아니고, 너의 생일도 아니고, 우리의 특별한 기념일도 아닌데. 크리스마스가 된다고 해서 우리에게 선물이 뚝 떨어지는 것도 아닌데. 우리는 12월 내내 그날만을 기다리잖아. 친구와 연인과 계획을 세우고, 좋은 숙소를 알아보고, 혹은 집을 예쁘게 꾸미기도 하고.

우리는 어쩌면 기다릴 게 필요했던 거 아닐까? 우리는 무언가를 기다려야만 살아갈 수 있으니까. 평일에는 주말을 기다리고, 학생은 종강을 기다리고, 직장인은 휴가를 기다리는 것처럼. 기다린다는 건 무언가가 나에게 다가오고 있다는 뜻이니까. 사람이든, 사건이든, 계절이든. 또 대부분 우리가 기다리는 것은 즐거운 것이잖아. 우리를 웃게 만드는 것들을 우리는 기다리잖아. 문득 기다리는 일이 나쁜 일만은 아니라는 생각이 들었어. 나는 기다리는 일을 좋아하지 않았거든. 기다림은 나를 지치게 만들고 종종 슬프게 만들어. 아무래도 기다리는 것보다는 지금 당장 할 수 있는 게 좋으니까. 성격 급한 나에게 기다림이라는 건 너무 힘든 일이야. 그런데 삶에는, 사랑에는 기다림이 필수더라고. 기다림 없는 삶도 사랑도 없더라고. 나는 너를 기다리며 기다리는 일에 대해 생각해. 지금 당장 볼 수 없는 너. 기다려야 볼 수 있는 너. 기다림 끝에 있는 너. 그런데 그 기다림 끝에 있는 게 너라면 나는 기꺼이 기다릴 수 있을 것 같아. 기다리면 오는 너. 기다리면 오는 삶. 너도 크리스마스도 기다리기만 하면 오는 거잖아. 너무 기쁘지 않아? 한 치 앞도 알 수 없는 세상에 한가지 확실한게 있다면 네가 결국은 나에게로 온다는 거야. 네가 너무 분명한 행복이라 더 기다리기 힘들지만, 그렇기에 나는 더 잘 기다릴 수 있어.

우리의 삶도 그랬으면 좋겠다는 생각을 해. 넘어진 날에는 다시 일어날 날을 기다리며 살고, 헤어진 날에는 다시 만날 날을 기다리며 살고, 우는 날에는 다시 웃을 날을 기다리며 사는 거야. 기다리기만 하면 그날은 반드시 오니까. 우리가 중간에 포기하지 않는 이상, 기다림은 우리를 배신하지 않으니까. 삶은 기다림이니까. 기다린 만큼 우리는 더 행복할 테니까. 지금 당장 기다릴

게 없다면 나랑 같이 크리스마스 기다리는 거 어때? 크리스마스잖아. 큰 이유 없이도 크리스마스는 그냥 신나고, 즐겁고, 설레고, 기다려지잖아.

기다림을 싫어했던 나는 기다림은 숙명 같은 일이라는 걸 널 만나고 깨달아. 그리고 너를 기다려. 크리스마스를 기다리고, 좋은 날을 기다리며, 내일을 기다려. 너에게 마지막으로 이 시를 소개해 주고 싶어. 스무 살에 만났던 이 시는 그때도 좋았고 지금도 좋네. 너를 알지 못했던 날에도, 너를 아는 지금도 나는 언제나 너를 기다려. 너를 기다리는 내내 나는 행복할거야.

-

기다리는 일은 즐겁지 않습니까

꼬마는 명절만 기다립니다. 이내 하교를 기다리는 초등학생이 되었습니다. 토요일만 기다리는 고등학생이 됩니다. 대학생이 되길 기다리다 여름학기를 기대하고 졸업을 기다립니다. 주말을 고대하는 직장인이 됩니다. 그토록 기다렸던 한 사람의 집이 되었다가 한 아이의 품이 되었다가 자유를 기다리고 가끔 어른이 되었습니다. 단아한 끝을 기다립니다. 어른이 되면 무얼 기다리지 않아도 될 줄 알았습니다.

여태 기다립니다. 이따끔 무엇인지도 모른 채, 기다림을 본능 같다가도 습관 같습니다. 자꾸 오늘의 밖을 올려다봅니다. 기다림을 기다리기로 하자 잠시 덜 슬펐습니다. 덜 슬퍼하는 일과 무관하게 나는 계속 기다렸습니다.

숙명같은 일이라 맹신했습니다. 아니, 어느 숙명을 기다렸겠습니다. 신뢰는 나를 아프게 할 수 있습니다. 몇 개의 나를 더 기다려야 할까요. 가끔 내가 내 생의 수청을 드는 것 같습니다.

서둘러 삶을 들고 일어나 자리를 벗어납니다.

기다리던 일이었습니다.

-숙명, 이휜-

하늘만큼 땅만큼

～～～～～

손목시계의 알람 소리가 나를 깨운다. 어젯밤 잠을 설친 탓에 몸이 찌뿌둥하다. 군복을 챙겨 입고, 선크림도 잊지 않고 바른 뒤 점호를 하고, 휴가증을 받아 밖으로 나선다. 기다리고 기다리던 휴가 날이 바로 오늘이다. 목적지는 마산이 아닌 부산. 부산에 나를 기다리는 예진이가 있기 때문이다. 엄마는 바로 마산으로 오지 않고 부산으로 간다고 조금 섭섭해하셨지만 이내 그게 맞는 거라며 고개를 끄덕이신다. 나도 어쩔 수 없다. 엄마도 너무 보고 싶지만…. 엄마는 엄마의 사랑과 매일 함께하고 있으니 내 사랑을 찾아 떠나는 나를 이해해 주길 바란다.

혹시나 하는 마음에 예진이에게 출발했다고 카톡을 보내면 역시나 예진이는 깨어있다. 아직 내가 부산에

도착하려면 많이 남았음에도 불구하고 내가 휴가를 나가거나, 외출을 나갈 때면 예진이는 언제나 아침부터 깨어 나를 기다린다. 만나서 신나게 놀려면 푹 자고 체력을 많이 보충해야 한다고 수없이 말해도 절대 듣지 않는다. 물론 나도 설레서 밤잠을 설친 건 마찬가지다. 부산으로 가는 기차 안에서 잠들려고 노력해도 잠이 잘 오지 않는다. 오늘 밤에 또 먼저 잠들면 예진이한테 한소리 들을 텐데. 그때 몰려오는 잠은 나도 어떻게 이길 수가 없다. 잔뜩 섭섭해하는 예진이를 토닥거리며 "미안내.... 그런데 진짜 너무 피고내... 이런 부족한 나라서 미안내....."라고 말하며 스르륵 잠들면 예진이는 옆에서 어이없다는 듯이 웃고는 같이 잠이 든다. 아, 생각하니까 더 보고 싶어졌다. 이상하게 만날 날이 한 달 남았을 때보다 하루 전, 한시간 전이 더 보고 싶다. 곧 볼 수 있다고 생각하면 더욱더 보고 싶어진다.

귀에 들어오는 둥 마는 둥 유튜브를 보고, 몇 번 졸고 나면 부산역에 도착한다. 내리자마자 예진이에게 전화를 건다. 정신없이 내리는 사람들 틈으로 상기된 목소리를 숨기며 예진이의 위치를 묻는다.

"나 이제 내렸어! 어디야? 부산역 엄청 크다...!!"

예진이는 상기된 목소리를 전혀 숨기지 않으며 답한다.

"너는 어딘데?? 앞에 보이는 가게 이름 말해봐, 내가
찾아갈게!!"

이렇게 큰 부산역에서 너는 어디에 있을까. 마산역과
비교하며 몇 배는 큰 부산역의 크기를 감탄하고 있는데
네가 내 이름을 부른다.

"이수혁!!!!!"

오랜만에 보는 예진이는 여전히.... 작다. 작아도 정말
작다. 나는 이렇게나 많은 사람 속에서도 제일 작은 네
가 가장 먼저 눈에 들어온다.

감격의 포옹을 나눈 뒤, 예진이는 바로 가방이 무겁다
며 투덜거린다. 나는 익숙하다는 듯이 예진이 백팩 속
의 짐 대부분을 내 가방에 옮겨 담는다. 말로는 미안하

다면서 얼굴은 한결 더 밝아진 너를 보며 애는 대체 내가 없을 때는 어떻게 살아가는 걸까 하는 걱정을 잠시 한다. 조금만 걸어도 다리가 아프고 숨이 차는 김예진. 매일 가는 길도 네이버 지도가 없으면 못 가는 김예진. 두 손이든 등이든 짐이 있는 걸 지독히도 싫어하는 김예진. 다른 사람들은 알까. 예진이가 얼마나 까탈스럽고 투덜거리는지. 아니면 내 앞이라 더 그러는 건지도 모른다. 사실이 무엇인지는 딱히 중요하지 않다. 내 앞에서만 그러든, 원래도 그런 성격이든 나는 언제나 예진이 옆에서 예진이의 짐을 든다. 나에게는 너의 짐이 그렇게까지 번거롭거나 무겁게 느껴지지 않는다. 무엇보다 내가 짐을 들 때 네가 나를 보는 그 눈빛이 좋다. 멋있고 든든하다는 눈빛. 꽤나 만족스럽다는 눈빛. 나는 그 눈빛 속에서 멋있는 남자로 다시 태어난다.

예진이는 가끔, 아니 자주 묻곤 한다. 자기의 어디가 좋냐고. 그리고 얼마나 사랑하냐고. 나는 백이면 백 이렇게 답한다.

"예진이는 예쁘잖아. 그리고 하늘만큼 땅만큼 사랑하지!"

예진이는 백이면 백 이렇게 되묻는다.

"진짜 그게 다야? 그냥 예뻐서 좋아? 그리고 하늘만큼 땅만큼 말고오~~~ 다른 거 없어?? 노잼이야..."

정말인데. 정말 예뻐서 좋은 건데. 예쁘니까 짐도 들어주고 투정도 들어주고 다하는 건데. 물론 예진이가 언제나 예쁜 건 아니다. 세수하고 예진이 시그니처인 뿔테안경을 쓰고 나면 정말 다른 사람이 된다. 눈썹이 없어지고, 눈이 콩알만해 진다. 눈썹과 안경의 유무가 그렇게 큰 차이를 만들어 내는지 나는 예진이를 만나고 처음 알게 되었다. 그런데 웃긴 건 못생겼는데, 분명 못생겼는데 자꾸만 그 모습이 보고 싶어진다는 것이다. 편한 옷을 입고 안경을 끼고 누워서 나와 전화하는 예진이의 모습을 상상하면 그것만큼 재밌는 일이 없다. 그 모습을 바로 옆에서 보지 못한다는 사실이 안타까울 뿐이다. 무엇보다 예진이는 하늘과 땅이 얼마나 크고 넓은지 모르는 게 분명하다. 안다면 저런 반응이 나올 리가 없다.

3박 4일의 휴가는 0.34초 같이 지나가더니, 6박 7일의 휴가는 0.067초 같이 지나가 버린다. 아무리 반복해도 헤어짐은 어렵다. 눈물을 글썽이는 예진이를 보는 일은 더 어렵다. 계속 보고 있다가는 나도 같이 울 것 같아 애써 눈을 피한다. 할 수만 있다면 하루 종일 너의 짐을 들고서 같이 걷고 싶다. 그게 군대 복귀보다 백 배, 아니 천 배 만 배는 더 행복할 것이다. 지하철역 앞에서 우리는 꼭 내일 볼 사람처럼, 마음만 먹으면 언제든지 볼 수 있는 사람처럼 작별 인사를 나눈다. 그렇게라도 웃으며 헤어져야 마음이 편하다. 너를 혼자 내버려 두고 가야 하는 내 마음이 얼마나 무거운지 너는 아마 모를 것이다. 너는 이번에는 안 울 거야!라고 힘차게 외치며 발걸음을 뗀다. 하지만 나는 안다. 애써 오므리는 너의 입술과 벌렁거리는 콧구멍이 나에게 알려준다. 네가 가는 길에 또 훌쩍거릴 것임을. 올라오는 감정을 꾹꾹 참으며 너에게 전화를 건다.

"김예진~~ 내가 다 보고 있다~~ 다른 남자가 말 거는지 안 거는지 다 감시하고 있다~~"

너는 피식 웃으며 내 장난에 맞장구를 친다.

"헐~~ 어떻게 알았지?? 나 방금 막 다른 남자랑 데이트하려고 했는데!"

우리는 같이 키득거리며 그 밤을 흘려보낸다. 집으로 돌아가는 지하철 안에서 나는 세상에서 제일 작은 너를 생각한다. 키도, 손도, 얼굴도, 발도 다 작은 네가 나에게 주는 사랑을 생각한다. 새삼 놀라워진다. 그토록 작은 네가 어쩜 그렇게 나를 꽉 채울 수 있는지. 나를 웃게도 하고 울게도 하는 너는 결코 작지 않다는 생각을 하며 집으로 향한다. 얼른 가서 또 전화를 걸어야겠다. 예진이가 기다리고 있을 것이다.

적당한 겨울

~~~~~~

오늘은 왠지 격한 발라드가 끌리는 거 있지. 그래서 하루 종일 발라드만 들었어. 아르바이트를 가는 길에도, 가서도, 집으로 돌아오는 길에도. 모두 발라드와 함께 했어. 발라드 속 사랑 이야기는 다들 왜 그리 애절한지. 예전에는 발라드를 들으면서 이해를 못 했다? 아니 저렇게 아파하고 슬퍼할 거면서 왜 헤어진 거야? 그냥 다시 만나면 되지. 헤어졌으면 깔끔하게 딱! 서로 갈 길 가고! 물론 지금은 그렇게 생각하지 않아. 사랑이란 게 맺고 끊음이 정확한 게 아니더라고. 애초에 그럴 수가 없는 거더라고. 엄청 구질구질하고 미련하고 꼴사납고. 하나도 안 쿨하고 하나도 안 멋있어. 사랑이라는 거.

발라드를 들으면서 지난 인연들을 떠올렸어. 보통 발라드는 이별 노래가 많으니까. 자연스레 이별한 사람들을 생각하게 되는 거야. 오래된 인연들을 끌어오는 거지. 참 웃긴 게, 그때는 이 사람 없으면 안 될 것 같고, 진짜 죽을 것 같았거든. 그런데 이것 봐. 없어도 잘만 살고 있잖아. 그 때의 나는 네가 아닌 다른 사람을 사랑했지. 아주 많이 사랑했어. 최선을 다해 사랑했고, 엄청 힘들었고. 가끔 네가 아닌 다른 사람을 사랑했던 내가 이상하게 느껴져. 분명 나는 그때도 진심이었는데. 어느새 그 진심은 흐려지고, 지나가고, 잊히고. 나는 지금 너를 사랑하지. 그것도 아주 많이. 최선이라고 생각했던 모든 마음을 넘어서서. 너를 사랑하지.

그냥 겨울이 되고 날씨가 추워지니 발라드가 듣고 싶었어. 자꾸만 슬픈 영화가 생각이 나고 이별 노래가 떠오르고 막 그랬어. 나는 슬픈 영화를 보고 이별 노래를 듣고 너에게 전화를 걸어. 너는 언제나처럼 거기에 있어. 내가 과거로 갔다가, 저기 멀리 있는 안타까운 사랑 이야기를 엿보았다가, 이별에 어쩔 줄 몰라하는 사람의 이야기를 듣고 오는 동안 너는 거기에 있어. 나는 그게 참 좋아. 내가 슬프지 않아도 슬픈 영화를 보고 이별하지 않았지만 이별 노래를 듣는 이유는 네가 있어서일지도 몰라. 언제나 따듯하게 나를 맞아주는 네가 있어서. 전화를 걸고, 신호음이 울린 지 몇 초도 안 되어서 너는 전화를 받아. 그러곤 아주 익숙한 목소리로 한결같은 목소리로 말해.

응, 예진아.

네가 부르는 내 이름이 좋아. 예진아-라고 부르는 네 목소리가 좋고, 기다렸다는 듯이 대답하는 그 어투가 좋고, 내 대답을 기다리는 너의 침묵이 좋아. 내 이름이 예진이라서 다행이라는 생각을 해. 물론 우리의 전화가 언제나 다정하지는 않지. 자주 투닥거리고 자주 섭섭해하고 그러다가 또 토라지고. 울고. 보이지 않는 사랑을 만지려 애쓰다가 서로에게 상처를 주고. 나는 또 생각하지. 사랑이 뭔데. 사랑 하나도 안 멋있어. 완전 치사하고 쪼잔해. 사랑이라는 거.

치사하고 쪼잔한 사랑을 나는 너와 해. 너와 사랑을 해. 나는 책을 좋아하고 긴 글을 쓰고 인디음악을 들어. 너는 운동을 좋아하고 축구를 하고 가요를 들어. 우리는 처음부터 끝까지 맞는 게 하나도 없어. 하지만 우리는 같이 서점을 가고, 같이 축구를 보고, 너는 내가 쓴 글을 읽어. 너는 나에게 축구선수의 이름을 알려주고 나는 너에게 작가들의 이름을 알려줘. 우리는 함께 인디음악을 들었다가 발라드를 들었다가 해. 인디음악을 들으며 서로를 오래 바라보고 발라드를 들으며 가사를 흥얼거려. 나는 너를 이해하지 못하고, 너는 나를 이해하지 못하지만 우리는 그냥 거기 있어. 그냥 함께 있어. 그리고 사랑을 해. 나와 너무나 다른 너를 사랑해. 어디서 와서 어디로 가는 사랑인지 모르겠지만 그래도 사랑해.

내가 사랑하는 게 너라서 참 다행이야. 하나도 안 멋있고 안 쿨하고 쪼잔하기만 한 사랑을 너와 할 수 있어서 기뻐. 슬픈 영화를 보고 이별 노래를 들으며 내 옆에 있는 너를 생각해. 다시 돌아갈 너를 생각해. 떠올릴 수 있는 네가 있어서 행복한 겨울이야. 우리의 사랑에 대해 이야기하기 적당한 겨울이야. 아무래도 나는 사랑이 좋아. 아무래도 나는 네가 좋고. 네가 내 글을 이해하지 못한대도. 나는 너를 사랑하고. 날씨는 춥고. 겨울이고. 모든 게 적당하다. 그치?

이해할 수 없지만 끝내 사랑하게 되는 것

오늘은 로라의 이야기로 글을 시작해 보려 해. 로라는 큰 교통사고를 당한 이후로 '과잉 사지'라는 증상을 겪게 돼. 과잉 사지란 애초에 존재하지도 않았던 신체의 어떤 부분에 대해 고통을 느끼는 건데, 로라의 경우에는 세 번째 팔을 감각하고, 그 부분에 통증을 느껴. 사실 겉보기에는 아무 문제가 없어. 하지만 로라 자신은 자꾸만 신체와 정신의 불일치를 느끼지. 분명 머리는 세 번째 팔이 있다고 느끼는데 실제로는 세 번째 팔이 없는 거야. 얼마나 혼란스러움의 연속이겠어? 그러다 결국 로라는 세 번째 팔을 달기로 해. 뭐 남 보기에 이상해도 자신이 그렇게 결정한다면 누가 말리겠어. 하지만 내가 괜찮다고 다 괜찮지 않은 것들이 있지. 바로 애인 '진'과의 관계야. 진은 그런 로라를 이해하지 못해. 그냥 정신적인 문제라고 생각하지. 사실 이성적으로 너무 기괴한 일이잖아? 멀쩡한 두 팔이 있는데 거기다가 굳이 세 번째 팔을 달겠다니. 그런 로라를 보며 평생 살아가야 할 진의 마음을 생각해 봐. 진은 로라를 너무 사랑하지만, 그런 사랑하는 상대를 이해할 수 없음에 힘들어하고, 로라가 자신을 이해시키려는 시도조차 하지 않음에 힘들어하고, 또 변한 로라를 자신이 더 이상 사랑할 수 없을까 봐 두려워해. 이 둘은 어떻게 되었을까? 이해할 수 없지만 사랑할 수 있을까?

내가 이 이야기를 꺼낸 이유는 로라와 진의 모습에서 우리의 모습을 보았기 때문이야. 사랑하지만 너무나도 다른 우리. 사랑하지만 때때로 이해할 수 없는 우리. 사실 나를 온전히 이해할 수 있는 인간은 이 지구상에는 없어. 나조차도 나를 이해하지 못하는데 타인에게 온전한 이해를 바라는 건 욕심이야. 하지만 이 넓은 세상에 나를 이해하는 게 달랑 나 혼자뿐이라는 사실은 좀 서글프잖아. 그래서 우리는 사랑을 하지. 사랑을 하며 하나가 되고 싶어 해. 너와 내가 일치되기를 바라. 내 생각이 너의 생각이기를, 내가 느끼는 걸 너도 느꼈기를 바라. 함께 슬퍼하고 함께 기뻐하기를 원해.

오늘 너는 내가 기피하는 대화 주제를 꺼냈고, 우리는 또 불편해지고 말았어. 너는 그저 대화였을 뿐이라고, 불편하지 않다고 했지만 나는 그랬어. 이 대화를 통해 우리가 다르다는 걸 증명받는 게 싫거든. 나도 너의 모든 부분에 공감하고, 너와 같이 느끼고 싶은데 그럴 수 없다는 걸 직면할 때 나는 무력해져. 나의 사소한 습관, 말투 행동은 너를 위해 얼마든지 바꿀 수 있어. 그게 바뀐다고 해서 내가 없어지는 게 아니니까. 하지만 가끔, 우리가 사랑하기 위해서 내가 나이게 만드는 것들을 포기해야 할 것 같을 때가 있어. 그러면 얼마나 슬퍼지는지. 나는 너를 너무나 사랑하지만, 결코 그것들을 포기하지 못할 테니까. 나는 내가 나이기를 포기할 수 없으니까. 로라가 결국 세 번째 팔을 단것처럼 말이야.

로라와 진의 이야기가 끝나갈 때쯤 진은 이런 말을 해.

"사랑하지만 끝내 이해할 수 없는 것이 당신에게도 있지 않나요."

사랑하지만 끝내 이해할 수 없는 것. 우리는 모두 각

자만의 '세 번째 팔'이 있어. 우리는 이 세 번째 팔을 이해할 수 없어도 사랑할 수 있을까? 아니, 세 번째 팔을 이해받지 못해도 사랑할 수 있을까? 나는 이 물음에 이렇게 답하고 싶어. 이해할 수 없지만 끝내 사랑하게 되는 것이 있다고. 이해하지 못한다는 말이 사랑하지 않는다는 말이 아니라고. 우리는 앞으로도 많은 대화를 나누겠지. 또 많이 부딪히고, 서로의 다름을 발견해야만 할 거야. 서로의 모습에서 나를 발견하며 시작되었다가, 우리는 결국 다른 사람임을 깨닫는 게 연애니까. 하지만 그럼에도 불구하고 함께하는 게 사랑이니까. 사랑은 수많은 '그럼에도 불구하고'를 허락하는 일인가 봐.

나를 이해할 수 없어도 그저 바라보고 있어 줄래? 그러면 나는 나의 세 번째 팔로 너를 끌어안을게. 네가 상처받지 않도록 팔의 힘을 조절해 가면서 말이야.

*로라와 진의 이야기는 김초엽 작가님의 단편집 '방금 떠나온 세계'에 실려있는 '로라'라는 제목의 소설입니다.

함께라면 어떤 것도 상관없나요

여름이야. 날씨가 습하고, 발은 쩍쩍 달라붙고, 가만히 있어도 몸에서 열이 오르는 여름이 왔어. 당신들에게 여름이란 뭐야? 여름이 어떤 의미야? 누군가에게는 수박 주스를 먹기 좋은 계절, 누군가에게는 그저 뜨겁고 강렬한 기억, 누군가에게는 밤 산책하기 좋은 날씨이기도 하겠다. 나는 여름 하면 초록색, 푸릇푸릇함, 싱그러움이 제일 먼저 떠올라. 초록색 공원에서 땀을 뚝뚝 흘리며 걸어가는 사람들, 선풍기 바람을 쐬며 콩국수를 먹는 김태리, 나른한 낮잠 같은 것들. 나에게는 이런 게 여름이야.

사실 나는 여름을 별로 좋아하지 않아. 여름은 너무 강렬하고 그 강렬함이 사람을 너무 나태하게 만들거든. 뭐 물론 그 강렬함이 아무것도 하지 않을 핑계가 되기도 하지만 말이야. 덥고, 더우면 땀나고, 땀나면 찝찝하고 그럼 아무것도 하기 싫어. 조그만 거 하나에도 쉽게 짜증이 나고 모난 말이 나오는 계절이야. 그런데 좋아하는 계절을 누군가가 나에게 물어보면 나는 여름, 겨울이라고 답해. 참 이상하지? 이토록 여름의 단점을 크게 느끼면서 여름을 좋아한다니. 어쩌면 나는 여름 자체를 좋아하기보다는 여름이 주는 이미지를 좋아하는 걸지도 모르겠어. 1년 중 초록색이 가장 짙은 계절이고, 여름휴가가 있고, 더위가 주는 그 나른함과 비 온 뒤에 풍기는 땅 냄새. 나는 더운 건 싫지만 저런 것들은 좋거든. 여름의 더위는 싫은데 그 더위 덕에 누리는 많은 것들은 좋아해. 그러면 나는 여름을 좋아하는 걸까 싫어하는 걸까?

여름밤은 저런 질문들을 떠올리기에도 좋은 계절이지. 쓸모없지만 즐거운 질문들. 아무도 물어보지 않고 궁금해하지 않지만 답을 찾고 싶은 질문들. 그러다 나의 저런 질문들에 답을 해주는 친구를 만나면 더할 나위 없이 즐거운 밤이 되는 거야. 여름의 낮은 뜨거우니까 여름의 밤은 상대적으로 마음에 여유가 생기거든.

밤새 떠들다가 어두웠던 하늘이 점차 밝아지고, 밝아진 하늘을 눈치챌 때쯤 우리는 잠에 들겠지. 아, 내가 여름을 좋아하는 이유는 여름방학이 있어서일지도 모르겠다. 해가 뜨고 잠에 드는 건 방학에만 할 수 있으니까. 물론 언제든 할 수 있는 일이지만, 다음날 아무 일정도 없는 방학에 하면 더 즐겁고 짜릿한 게 밤새우기니까.

나는 사랑에 빠지기 좋은 계절이 겨울이라고 생각했는데, 여름도 나쁘지 않을 것 같아. 여름에는 핑곗거리가 많잖아? 우리 시원하고 달콤한 콩국수 먹으러 갈까? 아니면 밖은 더우니까 에어컨 빵빵한 영화관에서 영화 볼까? 아니면 진부하지만 언제나 신나는 바다 보러 갈까? 그것도 싫으면 각자 방에서 밤새워 전화할까? 장마철이니까 어디 나가기 번거롭잖아. 하지만 방학이니 심심할 테고. 같이 온종일 전화하면서 시시콜콜한 농담이나 나누자. 그럼 하루가 금방 갈 거야라고 말하면서.

여름은 가장 쉽게 짜증 나지만, 가장 쉽게 행복해지는 계절이기도 해. 너무너무 더워서 내 모든 신경이 뜨거움에 가 있을 때면, 시원한 공간에 들어가기만 해도 행복해지거든. 모든 걸 용서할 수 있을 것 같은 기분이 들어. 나는 이번 여름이 함께라면 어떤 것도 상관없는, 그런 여름이 되었으면 좋겠어. 다른 건 다 내팽개치고, 그저 우리가 함께라는 사실만으로 충분한 계절이 되었으면 좋겠어. 실은 함께라는게 가장 어렵고도 엄청난 일임을 알게 되는 여름이 되었으면 좋겠어. 여름의 한복판에서, 더위를 마음껏 즐기면서, 살아있음을 느끼면서.

여름이야. 초록이 무성하고, 흙냄새를 자주 맡을 수 있고, 이유 없는 나른함에도 핑계를 댈 수 있는. 저기 아지랑이를 배경으로, 너와 춤추기 가장 좋은 계절인 여름이 왔어.

3.
읽고 쓰는 삶

글을 씁니다

~~~~~~

도서관 가는 길, 아파트 엘리베이터에서 아는 아주머
니를 만났다. 이분으로 말할 것 같으면 동생 친구의 어
머니이자 같은 아파트 같은 동의 주민이자 엄마의 동네
친구이기도 하다. 내가 엘리베이터에 타자마자 언제나
같은 높은 목소리로 나를 부르신다.

"어머~ 예진아 잘 지내나? 요즘 뭐 하고 지내?"

저는 요즘 아르바이트하고, 글 쓰고, 책 읽고, 간간이
종이접기도 하고 엄마 밥 먹으면서 지냅니다. 하하하~
하고 당당하게 말하고 싶었지만 당연히 그러지 못했다.

"어…. 알바도 하고…. 하하…"

"우리 아들도 휴학하고 알바하는데 뭐 자기 알아서 한다고 잔소리도 못 하게 한다~ 요즘 애들이 그렇지 뭐~"

라는 말에 저는 댁의 아드님과 다르게 나름의 꿈도 있고 열정도 있는 요즘 애들이랍니다.라고도 말하지 못했다. 거기 아드님이 아주머니의 말과 다르게 꿈과 목표가 있을지도 모르는 일이고, 내 열정이 글이라고 하면 더더욱 한심하게 생각할 게 뻔하기 때문이다.

그렇다. 나는 글을 쓴다. 당장 먹고사는 데에는 아무 도움이 되지 않는 글을 쓴다. 왜 언제나 나를 살게 하는 일은 내가 먹고사는 일과는 거리가 먼 것인가. 토익 공부나 컴퓨터 활용 공부가 내 적성에 맞는 일이었다면 얼마나 좋았을까. 아주 신나는 마음으로 매일매일 공부했을 텐데 말이다. 요즘은 나를 살게 하는 일로도 돈을 벌 수 있다는데, 그것도 기뻐해야 할지 슬퍼해야 할지 모를 일이다. 어떤 일이든 먹고사는 문제가 되어버리면 그냥 갑자기 하기 싫어지기 때문이다.

며칠 전 오랜 목표였던 브런치의 작가가 덜컥하고 되

어 버렸다. 브런치는 작가 승인을 받아야지만 글을 쓸 수 있는 플랫폼인데, 처음에는 겁 없이 나 정도면 되지 않을까 하는 마음으로 아무런 준비 없이 지원했다가 대차게 거절당했다. 그때는 내 글에 어느 정도 자부심이 있었던 터라 은근한 기대 하고 있었고, 그만큼 거절에 대한 실망도 컸다. 그 이후로 알아보니 인터넷 여기저기에 '브런치 작가 되는 법! 합격 꿀팁!'과 같은 글이 올라와 있는 걸 보니 나 같은 사람이 한두 명이 아닌듯했다. 이번에 지원할 때는 정말 그냥 넣어나 보자 하는 마음으로 지원했다. 그것도 알바하다가 손님이 없어 심심하던 차에 내 앞에는 매장용 노트북이 있었고, 핸드폰은 이제 막 지겨워진 참이었기에 노트북 마우스만 이리저리 굴리다가 내린 결정이다. 당연히 처음 합격 메일을 받았을 때는 너무 기쁘고 감격스러워서 옆에 있는 알바생에게도 자랑하고 싶은 걸 간신히 참았다. 드디어 내 글이 인정받는구나. 1년 넘게 써온 내 시간이 조금씩 빛을 보는구나.

그런데 이게 무슨 일인가. 글은 쓰면 쓸수록 어렵다는 걸 막 깨달은 참이었기 때문이다. 글은 결국 나를 보여

쥐야 하는데 어디까지가 진짜 나인가. 나는 글 속의 삶을 살고 있는가. 아니 무엇보다 대체 무엇을 써야 할까. 사람들에게 일주일에 두 번씩 글을 연재하겠노라! 내맘대로 공표하고, 이제는 브런치 작가까지 되어버렸으니 나는 진짜 글쟁이가 되어버렸다. 물론 다 내가 좋아서 한 짓이다. 누군가 휴학한 이유를 물어보면 아주 자랑스럽게 아 저는 글을 씁니다. 글 쓰는 게 좋아서 한번 질리게 써보려고 휴학했습니다.라고 말하던 내 입을 막고 싶은 심정이었다.

처음에는 내가 살고 싶어서 썼고, 좀 지나서는 재밌어서 썼고, 나 말고도 내 글을 읽어 주는 사람이 있다는 사실이 신기해서 썼고, 나처럼 행복과 슬픔을 반복하는 사람들과 함께 살고 싶어서 썼다. 나도 살아있는데 여러분도 살자! 다 같이 울고 웃으며 살자! 하는 마음으로 썼다. 지금은 그냥 쓴다. 무언가를 전달하고자 하는 글은 재미가 없고, 재미만 있는 글은 알맹이가 없고, 아니 사실 재밌는 글을 쓰는 법도 모른다. 그래서 그냥 쓴다. 계속 쓰다 보면 재미도 있고 알맹이도 있으며 나도 존재하고 그렇다고 나를 다 드러내지는 않는, 그런 글을 쓸 수 있지 않을까. 아마도 글은 쓰면 쓸수록 계속 어려울 것이다. 사랑을 하면 할수록 사랑에 대해 더 모르게 되는 것처럼 말이다. 아무래도 나는 글이랑 연애하나 보다. 알면 알수록 어려운 게 사랑 말고도 또 있다니. 기쁘고도 아득한 일이다.

누군가는 글을 쓸 때마다 새롭게 태어난다고 한다. 그렇다면 나는 몇 번이나 다시 태어난 것일까. 아니 몇 번이나 다시 태어나게 될까. 다시 태어날 때마다 글을 쓰고 싶다. 지금과 똑같이 당신들을 만나서 대화를 나누고, 친구가 되고, 똑같은 사랑에 빠지게 된다고 해도 다시 태어나 글을 쓸 것이다. 그때는
나를 살게도 하고, 먹고 살게도 하는 글을 쓸 수 있기를 바란다.

가난한 마음

〰〰〰

이틀에 걸쳐 쓰던 글을 엎었다. 아무래도 내보일 자신이 없는 글이었다. 글을 쓰기 위해서는 마음이 가난해야 하는데 며칠간 마음이 넉넉하다 못해 꽉 차서 도무지 무엇을 써야 할지 모르겠는 것이다. 마음이 가난하기에는 내 상황이 너무 다복해 쓰기 미안한 마음도 있었다. 글은 행복한 사람보다는 슬픈 사람을 위해 써야 한다고 생각하기 때문이다. 슬픈 나를 위로하기 위해 시작한 글인데 이미 충분히 위로받은 나이기에 이제 슬픔보다는 기쁨에 가까운 나이기에 글을 쓰기에 더더욱 꺼려졌다. 감히 내가 글을 써도 되는 것인지 나에게 그럴 자격이 있는지 자꾸만 고민하게 되는 것이다.

매일매일 새로운 글을 발행하고, 심지어 그 글이 납작하지 않고 입체적인 슬아작가님의 글을 읽고 읽고 또 읽었다. 작가님의 글은 담담하지만 따뜻하고, 사랑이라는 단어를 쓰지 않고도 사랑을 말한다. 사랑을 쓰지 않고도 사랑을 말하는 것. 내가 가장 잘하고 싶은 일이자 가장 쓰고 싶은 글이다. 읽는 사람은 미소를 짓게 되고 쓰는 사람은 마음이 가난한 글을 어쩜 이리도 잘 써내시는지. 내 글을 읽는 독자들이 죄다 슬아 작가님의 글을 읽어봤다면 아마 더 이상 내 글을 찾지 않을지도 모른다. 혹 슬아 작가님을 알면서도 내 글을 읽어준다면 당신의 인내심에 박수를 보내고 싶다.

가난한 마음, 사랑, 글에 대해 생각하다가 우리 엄마가 떠올랐다. 가난한 마음으로 하는 사랑을 제일 잘하는 사람이기 때문이다. 이기적이지 않은 사랑을 하는 사람이기 때문이다. 내가 아는 한 가장 지혜로운 사람이다. 사랑을 듬뿍 쏟아부으나 지치지 않고, 자신의 행동을 자랑하지 않는다. 아빠가 병원에 입원해 있을 때 엄마는 매일매일 아빠에게 갔는데 그 거리가 꽤 멀었다. 우리 집에서 해운대에 있는 병원까지는 한 시간이 넘게 걸린다. 운전도 할 줄 모르는 엄마는 버스, 지하철을 타고서 한 시간을 갔다가, 한 시간을 되돌아와야 했다. 안 그래도 체력이 약한 엄마는 일주일 넘는 시간 동안 아주 피곤했을 것이다. 무심결에 엄마 많이 피곤하겠다~라고 말을 했는데 엄마도 아무렇지 않게 아빠 보러 가는 건데 뭐가 피곤하니~라고 말을 하는 것이다. 그냥 양말을 신으면서. 가방을 챙기면서. 그러고는 새로 산 양말을 자랑하며 뿌듯하다는 듯이 집을 나선다. 새로 산 양말 일곱 켤레는 백화점 세일 때 한 묶음에 만 원 주고 산 건데, 양말 한 켤레마다 요일이 적혀있다. Monday, Tuesday, Wednesday, Thursday, Friday, Saturday, Sunday......엄마는 요즘 월요일에는Monday 양말을, 화요일에는 Tuesday양말을 신는다. 신은 뒤에는 꼭 사진을 찍어 가족 톡방에 올린다. 깜찍한 문구와 함께.

가난한 마음이란 기쁠 때 마음껏 기뻐하고 슬플 때는 힘을 다해 슬퍼하는 것. 주는 사랑을 아까워하지 않고 받는 사랑 또한 그 사랑의 깊이만큼 기뻐하는 것 아닐까. 가난한 마음은 작은 사랑도 깊게 느낄 수 있게 해준다. 가난한 마음을 지니고 있는 우리 엄마는 자주 웃고 자주 운다. 세상 모든 사랑에 반응한다. 한입을 먹어도 세상에서 제일 맛있게 먹고, 아빠의 개그에 가장 크게 웃으며 뉴스의 사연을 보고 눈물짓는다.

　나는 언제쯤 그런 사람이 될 수 있을까. 가난한 마음으로 세상을 볼 수 있을까. 글은 나에게만 향해 있던 시선을 조금씩 당신에게로 옮기는 작업이라는데. 나의 범위가 점차 확장되는 작업이라는데. 언제쯤 '나는'이 아닌 다른 주어를 사용하는 날이 올까. 마음은 가난하고 두 손은 비어있으며 다리는 튼튼한 사람이 되고 싶다. 언제든 당신에게 손 뻗을 수 있도록. 당신에게 달려가 닿을 수 있도록. 나는 나의 기쁨으로, 슬픔으로, 행복으로, 아픔으로 당신을 위로하고 싶다. 내 글을 읽는 당신들이 항상 살았으면 좋겠다. 당신이 살았으면 하는 마음에 글을 쓴다. 누구에게도 상처 주지 않는 글을 쓰고 싶다. 가난한 마음으로. 가난한 마음으로.

읽고 쓰는 삶

～～～～

알바하러 갔는데 팀장님께서 예진이는 평일에 뭐 하고 지내냐고 물어보신다. 당황한 나는 머뭇거리다가 "어... 책 읽고... 글 쓰고... 토익공부하고...? 그렇게 지내요."라고 답한다. 물론 토익 공부는 하지 않는다. 9월 한 달 깨작거리다가 책을 펴지 않은 지 오래다. 그냥 책 읽고 글만 쓴다고 하기에는 왠지 모르게 머쓱해서 토익도 슬쩍 끼워 넣었다. 그러고는 자리에 돌아와 생각해 보니 정말 일상에 읽고 쓰는 것 외에는 꾸준히 하는 게 없다. 휴학을 한 이유가 읽고 싶은 책 마음껏 읽고, 글만 주야장천 써보려고 한 건 맞지만 정말 이렇게 글만 달고 살 줄은 몰랐다. 운동도 열심히 하고, 다른 것도 배우고 이것저것 하고 싶은 게 많았는데.... 게으른 내가 꾸준히 하고 있는 건 역시 읽고 쓰는 것뿐이다. 글을 써서 올린 지도 벌써 1년이 넘었다. 그 시간 동안 나는 수혁이를 만나고, 학생회를 하고, 수혁이를 군대에 보내고, 휴학도 하고 브런치 작가도 되었으며 지금은 방탈출 아르바이트생이 되었다. 이 일들을 겪는 동안 계속 글을 썼다. 나는 뒷심이 부족해서 항상 시작은 창대하고 끝은 미약한 편인데 유일하게 글은 지금까지도 쓰고 있다.

글을 쓰면서 생긴 습관이 있다면 모든 생각을 책처럼 한다. 예를 들어 '오늘 날씨가 좋네'라는 생각을 "오늘은 날씨가 참 좋았다. 더워서 헥헥거리던 게 엊그제 같은데 벌써 가을이 온 것이다."라는 식이라던가 누군가와의 대화에서 너무 좋은 문장을 발견했을 때 꼭 캡처하거나 메모해 둔다. 언젠가는 써야 하기 때문이다. 이 자리를 빌려 내 주변의 친구들, 가족들에게 감사와 사과를 동시에 전한다. 당신들이 없었다면 나는 글을 쓰지 못했을 것임으로. 앞으로도 나는 당신들과 함께한 시간이 너무 좋아서 쓰지 않고는 못 배길 것임으로. 혹시 자신의 이야기가 글에 등장하는 게 싫다면 꼭 고심해서 덜 멋진 문장으로 나와 대화하길 바란다. 하지만 당신들은 대부분 멋있거나, 웃기거나, 사랑스럽기 때문에 그러기는 쉽지 않을 것이다.

최근에는 "가난한 마음"이라는 글을 썼다. 그런데 그 글을 올린 다음 날, 큰 오류를 발견해 버렸다. 내가 쓴 글 중 "담대하게 살아가는 법"이라는 글은 <가난해지지 않는 마음>이라는 책에 대한 글이다. 나도 기억하지 못하는 내가 몇 달 전에는 가난해지지 않는 마음에 대해 찬양하고서, 오늘은 가난한 마음에 대해 쓴 것이다. 그것도 가난한 마음으로 살아가고 싶다고 쓴 것이다. 하하. 하지만 둘 다 맞는 말이다. 가난해지지 않는 *양 다솔의 마음도 갖고 싶고, 글을 쓸 때만큼은 가난한 마음으로 쓰고 싶다. 저것도 나고, 이것도 나다. 글을 쓰며 내가 얼마나 모순적인 인간인지 깨닫는다.

이렇듯 글은 흔적을 남긴다. 세상이 변하고, 나도 변해도 내가 한번 쓴 글은 절대 변하지 않는다. 변하지 않을 뿐더러 없어지지도 않는다. 22살의 내가 23살이 되고, 30살이 되고 50살이 될 동안 글 속의 나는 여전히 22살이다.

하루는 내 글에서 나 이외에 가장 많이 등장하는 사람인 수혁이와의 이야기를 쓰다가 만약에, 만약의 만약에 우리가 헤어지게 된다면 이 많은 글은 다 어떻게 되는 걸까.라는 생각을 했다. 다 내려야 하나? 아니면 수혁이라는 이름을 다른 이름으로 바꿔야 하나? 그때는 더 이상 나의 수혁이가 아닐 테니. 그 글 속에서의 수혁이는 사라지고 없을 테니. 혹시 너의 새 애인이 이 글을 보게 된다면 기분이 썩 좋지만은 않을 것이다. 내 애인의 사랑 역사는 아는 것보단 모르는 편이 언제나 더 낫기 때문이다. 너의 새 애인이라니. 상상만 해도 어색하다. 되도록 너의 이름이 언제나 수혁이로 존재하길 바란다. 물론 너와 내가 더 이상 우리가 아닐 때에도 이 글은 남을 것이다. 나도, 너도, 모두 그 시간에 머물러있을 것이다. 세상에 변하지 않는 것이 있다면 그건 글 아닐까. 글 속의 나는 그 속에서 내내 슬플 수 있고, 내내 기쁠 수 있다. 흘러가는 시간을 아주 잠시나마, 아주 순간이라도 잡아둘 수 있다.

뭐든 떠나보내는 게 쉽지 않은 나는 글을 쓴다. 나에게 일어나는 모든 기쁜 일과 슬픈 일과 웃긴 일과 기막힌 일은 아주 좋은 글감이 되어 내 글에 쓰이고, 쓰이는 순간 영원으로 남는다. 그러고 나면 나는 그들을 떠나보낼 수 있다. 글을 쓰고 나면 떠나보낼 용기가 생긴다. 읽고 쓰는 삶은 영원을 소망하는 동시에 모든 것에는 끝이 있음을 아는 삶이다. 그러기에 내 생이 더 소중하고 애틋하게 느껴진다.

나는 앞으로 얼마나 많은 글을 쓰고 얼마나 많은 순간을 떠나보내게 될까. 언제까지 쓰는 삶일 수 있을까. 아무것도 모른 채로, 어쩌면 내내 모른 채로 나는 계속 읽고 쓸 것이다. 절망과 희망을 반복하면서. 그럼에도 사랑하기를 소망하면서.

*양다솔은 <가난해지지 않는 마음>의 저자입니다.

꿈과 힘과 책과 벽

~~~~~~~~

꿈같은 며칠을 보냈어.

이번에는 너를 만나자마자 가방을 잃어버리고 말았
어. 나는 분명 챙겨 나왔다고 생각했는데 어느샌가 가
방이 내 품에 없는 거야. 너는 '아휴 정말' 하고 한숨을
쉬고는 금세 가방을 두고 온 곳으로 달려갔어. 나는 당
연히 거기 있겠거니 생각하며 크게 당황하지도 않았어.
가방 안에는 나의 에어팟, 틴트 두 개, 립밤, 그리고 주
민등록증까지 들어있었어. 없으면 내 일상에 지장을 주
는 것들이었지. 숙소로 돌아가 가방을 한 번 더 찾아보
는데 너에게 전화가 왔어.

"가방 없대!! 분실물 보관함도 뒤져보고, 그 자리도 가
봤는데 없어...누가 가져간 것 같은데???"

그런데 웃긴 건 나는 가방이 없다는 소식을 듣고도 그저 덤덤한 거야.

"그래?? 뭐···. 어쩔 수 없지! 에어팟도 새로 살 때 됐고, 틴트도 얼마 안 하는 거야! 가방은 새거라서 좀 아깝긴 한데.... 괜찮아~~"

괜찮은 척 한 게 아니라 나는 정말로 괜찮았어. 오히려 내 옆의 네가 더 안절부절못하는 거 있지. 제발 정신 차리고 다니라고 만나자마자 잃어버리면 어떡하냐고 내가 다 챙겨주는데 가방 정도는 챙겨야 하는 거 아니냐고···. 한참을 이어지는 잔소리에 나는 그냥 너의 얼굴을 지긋이 바라보기만 했어. 속상해 죽겠다는 말투와 찡그리는 눈과 크게 벌렸다가 오므려지는 입과 그 모든 움직임을 따라가느라 바쁜 얼굴의 근육들까지. 속상하다는 표정을 하나로 정의해야 한다면 딱 이 표정이겠구나 라는 생각을 했어. 가방과 에어팟과 틴트와 립밤은 다시 사면 되는 거잖아. 돈은 좀 들겠지만 돈만 있으면 살 수 있는 거잖아. 너만 잃어버리지 않으면 되는 거 아닐까? 너는 한번 잃어버리면 돈을 줘도 다시 살 수 없으니까. 나는 그저 내 옆에 있는 네가 좋아서 잃어버린 것들에 대한 아쉬움은 어쩔 수 없지 뭐 라는 말 한마디로 잊어버린 지 오래였어. 지금 다시 생각하니 조금 속상하기는 해. 하지만 뭐 어떡하겠어? 속상해한다고 다시 나에게 돌아올 수 있는 것도 아니고. 가방은 이미 내 손을 떠났고. 나는 아직 내 손에 남아있는 것들을 더 아끼는 수 밖에.

너와 함께하는 꿈같은 시간 동안 내 마음을 무겁게 하는 게 하나 있었어. 지금이 새해라는 사실과 저번 주에 한 개의 글도 쓰지 못했다는 것. 이 두 개가 나의 마음을 내내 무겁게 했어. 새해에는 미뤄왔던 것들을 하고 싶었거든. 용기가 없어서 하지 못했고, 게을러서 하지 못한 일들. 그리고 더 좋은 글이 쓰고 싶었어. 조금 더 솔직한 글. 조금 더 담백한 글. 조금 더 재밌는 글. 그리고 조금 더 많이 읽히는 글. 잘하고 싶은 마음은 나를 움직이게도 하지만 나를 멈춰 세우기도 해. 너를 만나고 나면 이제 본격적으로 시작해야지! 라고 마음 먹었는데 그날이 점점 더 다가오고 있는 거야. 너를 만나고 돌아가서는 더 좋은 삶을 살아야 하고, 더 좋은 글을 써야 하는데 도무지 그럴 자신이 없었어. 너를 만나고 나면 무언가 달라질 줄 알았는데 나는 여전히 나인 거지.

내 옆에서 자는 너를 보며 내가 지금까지 써왔던 글과 앞으로 쓸 글, 희망과 사랑과 용기를 말하는 책과 나를 주저하게 만드는 현실에 대해 생각했어. 꿈과 힘과 책과 벽 사이를 자꾸만 왔다 갔다 하는 나. 꿈과 벽 사이의 간극은 너무나도 크고, 그 속에서 힘을 잃었다가 얻었다가 하는 나. 그리고 여전히 내 옆에 있는 너. 그 사이를 오고 가며 우리는 무엇을 잃고 무엇을 얻게 될까? 결국에 남는 건 책일까 벽일까?

꿈같은 시간을 뒤로하고 나는 다시 집으로 돌아왔어. 깨끗하게 씻고는 책상에 앉아서 노트북을 켜고 또 다른 이야기를 써 내려가. 이 이야기 속에서 나는 무언가를 얻었다가 잃어버렸다가 해. 가끔은 크게 속상할 테고 가끔은 오늘처럼 덤덤하기도 하겠지. 그런데 아무리 많은 걸 잃어버려도 꿈은 잃고 싶지 않아. 결국에 남는 건 꿈, 책, 사랑, 희망 같은 것들이었으면 좋겠어. 너는 언제까지나 내 옆에서 내가 꿈을 잃어버리려 할 때 정신

차리라고, 그것마저 잃어버리면 어떡하냐고 말해주면 좋겠어. 나의 이야기에 아무리 많은 것들이 담기더라도 끝끝내 남는 건 그런 무용한 것들일 거야.

꿈 같은 일이 언젠가 나의 일상이 될 때까지, 열심히 오늘을 살아내자.

4.

우리라는 이름으로

나는 너희를 보면 살고 싶어져

애들아 안녕. 다들 잘 지내? 이제 날씨가 선선하다 못해 추워지고 있는데 너희들의 10월은 어땠는지 궁금하다. 너희가 보고 싶은 마음에 노트북을 켰어. 역시 그리움은 글을 쓰게 하는 것 같아. 나는 잘 지내. 정말로 잘지내.

최근에는 새로운 글쓰기 수업에 갔어. 거기에는 30대 선생님과 40대 선생님과 60대의 선생님이 있어. 사실 선생님은 한 분이지만 워낙 나보다 나이가 많은 분들이라서 나는 그냥 선생님이라고 불러. 22살의 나는 당연히 막내야. 처음 나를 소개하는 날 선생님들은 나를 부럽다는 눈빛과 신기하다는 눈빛으로 쳐다보셨어. 우리는 서로 좋아하는 작가와 최근 읽고 있는 책에 대해서 대화를 나눴는데 60대의 선생님이 그러시는 거야.

"20대의 글은 그냥 막 써도 좋지. 새롭고 참신하잖아! 뭘 써도 톡톡 튀고 말이야. 나이가 들수록 뻔하고 진부한 이야기만 쓰게 돼. 그래서 나도 20대 작가가 좋아."

나는 고개를 갸웃거리면서 대답했어.

"나이가 들수록 쓸 이야기도 많아지지 않나요? 선생님은 쓸거리가 많으시잖아요!"

20대의 나는 가끔 글 쓰는 게 부끄러워질 때가 있거든. 내 글이 아무것도 모르는 어린아이의 치기처럼 느껴질 때가 있거든. 그래서 나이를 먹는 만큼 글도 익어갈거라 생각했는데. 또 마냥 그렇지만은 않나봐. 한편으로는 이런 생각도 들어. 나이가 들수록 뻔하고 진부한 이야기만 쓰게 되는 건 이제는 다 알아버려서 그런 것 아닐까? 사람에 대해서, 사랑에 대해서, 세상에 대해서. 다 알아버린 거지. 다 알고 나면 쓸 필요가 없어지니까. 글쓰기는 궁금증에서 시작되기도 하니까. 사실 내 글의 대부분은 질문으로 시작해서 질문으로 끝나거나, 질문 같은 답으로 끝나. 나는 아직 모르는 것도, 알고 싶은 것도, 살고 싶은 것도 많기에 글쓰기를 멈출 수 없나 봐.

　20대의 나는 요즘 질문으로 가득해. 내가 이걸 해낼 수 있을지 없을지, 내가 옳은 건지 틀린 건지, 내가 맞게 가고 있는 건지 시간을 버리고 있는 건 아닌지 나중에 후회하는 게 아닐지. 나는 머릿속에 질문이 가득 떠오를 때마다 너희가 보고 싶어져. 너는 무슨 그런 고민을 하냐며 웃어넘길 거고, 너는 나도 그렇다며 고개를 끄덕일 거고, 너는 그저 오래 듣고만 있겠지. 그런 너희와 함께 있는 것만으로도 나는 좋을 텐데. 질문을 멈추고 그냥 너희를 보면 다 해결되는 듯한 기분을 받을 텐데. 그래서 요즘은 너희의 이야기가 궁금해. 말하기도 좋지만 듣는 일도 좋으니까. 너희는 어떨 때 행복을 느끼는지, 어떨 때 외로운지, 어떤 삶을 살고 있는지, 어떤 삶을 살아가고 싶은지, 오늘의 하루는 어땠는지, 기뻤는지 슬펐는지. 너희도 나와 같은 생각을 하는지. 그 시간을 어떻게 흘려보내는지. 가끔 여유가 되면 들려줘. 나는 항상 기다리고 있으니까. 꼭 기쁘고 행복한 이야기가 아니어도 좋아. 그냥 너희가 들려주는 이야기라면 다 좋을 것 같아. 너희가 성실하게 나의 이야기를 들어

주는 것처럼 나도 한번 성실하게 들어볼게. 내 글을 읽어주는 너희에게 항상 조금씩 빚지고 있다고 생각해.

오늘은 오랜만에 친구를 만나서 예쁜 곳에 가서 예쁜 것들을 먹었어. 예쁜 걸 보면 와 예쁘다~라고 말하고 맛있는 걸 먹으면 헐 너무 맛있다!라고 말했어. 그리고 내 옆에 있는 네가 너무 좋아서 자꾸자꾸 좋다고 말했어.

"역시 너랑 있으니까 너무 행복하돠아~~"

"크크 나도 행복해~~너 부산에 있으니까 좋다. 그냥 자퇴해라!"

우리는 만나면 많은 이야기를 나누지 않아. 해도 그만 안 해도 그만인 이야기들을 나눠. 우리의 만남의 목적은 나도 잘 모르겠어. 그냥 때가 되면 만나. 계절이 변하면 만나고, 시험이 끝나면 만나고, 가고 싶은 곳이 생기면 만나고. 우리는 그냥 만나. 그리고 그냥 행복해해.

있지, 너희는 어떨 때 살고 싶다는 생각을 해? 산다는 게 너무 당연해서 그런 생각을 하지 않을 수도 있지만 가끔 그럴 때 있지 않아? 유독 살고 싶어지는 순간. 내 숨이 너무너무 소중해지는 순간. 죽지 않고 살아있어서 너무 다행이라고 여기는 순간. 얼마 전에 슬아 작가님의 결혼 영상을 유튜브로 보게 됐어. 다 볼 생각이 없었는데 그 영상 속 인물들이 하나같이 아름다워서 멈출 수가 없었어. 그런데 그 영상에서 결혼식의 사회를 맡은 슬아작가님의 친구가 그러는 거야.

나는

너희를 보면

살고 싶어져.

나는 그냥 펑펑 울고 말았어. 나의 너희들이 떠올랐거든. 나를 살게 하는 얼굴들이 떠올랐거든. 나를 살게 하는 건 내가 아니라 너희라는 걸 알아버렸거든. 나는 너희의 기쁨과 슬픔을 마주할 때마다 더 살고 싶어져. 함께 웃고 울고 싶어져. 나의 이야기를 들어주는 너희가 있다는 게 너무 행복해서 펑펑 울었어.

　나는 너희를 보면 살고 싶어져. 나를 살게 하는 너희들의 이야기가 궁금해. 또 앞으로 너희가 얼마나 아름다운 이야기들을 써 내려갈지도 궁금해. 그래서 너희가 되도록 오래 살았으면 좋겠어. 세상이 아무리 너를 힘들게 하더라도 일단 살고 봤으면 좋겠어. 날이 좋으니 살고, 지는 노을이 예쁘니까 살고, 계절이 바뀌니까 살고, 시험이 끝났으니 살고. 그러다 시간이 나면 만나고, 만나서 행복해하고. 우리는 서로를 살게 하기 위해 태어났는지도 몰라.

　내 이야기도 너희를 살게 하는 이야기였으면 좋겠어. 크고 작은 이유로 우리 살아보자. 이 이야기가 너에게 닿기를 바래. 크고 작은 사랑을 담아. 예진이가.

두고 온 것들

~~~~~~~~

  오후 두 시 반이 되면 우리는 크고 작은 수다들을 끝
내고 주섬주섬 짐을 챙긴다. 신발장에 놓여있는 수많은
신발 중 내 것을 찾아 신고, 본당으로 내려간다. 나는 부
산 본가 교회에서 오후 예배 찬양팀을 하고 있다. 피아
노도 드럼도 기타도 무엇하나 다룰 줄 모르는 나는 찬
양팀의 가장 중요한 역할인 '싱어'다. 누구나 설 수 있
고 누구나 맡을 수 있는 역할이지만 나는 내 역할이 좋
다. 피아노와 드럼과 기타와 리더의 소리를 제일 잘 들
을 수 있는 자리이기 때문이다. 내 자리에서는 피아노
치는 사람들의 모습을 아주 가까이서, 자세하게 볼 수
있다. 피아노 치는 그들의 얼굴은 아주 숭고하다. 입을
꾹 다물고, 온 신경을 손끝에 집중하는 동시에 모든 악
기의 박자와 소리에 귀를 기울인다. 나는 미처 알아차
리지 못한 박자의 느림과 피아노 소리가 오늘따라 유독

크다는 점 또한 바로 알아차린다. 그것뿐만이 아니다. 노래의 음이 너무 높아서 부르기 힘들 때는 바로바로 키를 낮춰서 연주하고, 리더가 원하는 바를 그대로 구현시킨다. 피아노와 드럼과 기타와 리더의 진두지휘가 어우러진 전주를 들을 때마다 나는 소름이 돋는다. 너무 아름답기 때문이다. 너무 신나기 때문이다. 무엇이든 말하는 대로 이루어지는 광경을 나는 우리 교회 찬양팀에서 목격한다. 사람이 만들어 낼 수 있는 소리 중 가장 아름다운 소리라는 생각이 든다. 그 아름다움 속에서 나는 노래만 부르면 된다. 기타가 배경을 만들어 주고 피아노가 색을 더해주고 드럼이 속도를 조절해 주는 동안 나는 그저 느끼면서, 그들의 능력에 감탄하면서 노래만 부르면 된다. 목소리라도 나와서 얼마나 다행인가. 이들이 만들어 주는 아름다움을 가장 가까운 곳에서 느낄 수 있어 정말 다행이다. 내가 휴학하고 부산에 온 것도 이 순간을 위해서가 아닐까 하는 생각을 한다. 서울에 있었다면 결코 느끼지 못했을 아름다움을. 이들이 아니었다면 존재하지도 않았을 아름다움을.

　동시에 생각한다. 내가 두고 온 것들에 대해서. 이 아름다움은 내가 그곳을 떠나왔기에 목격할 수 있었고 느낄 수 있었다. 떠나가는 일은 나에게 새로운 아름다움을 목격하게 하는 동시에 또 다른 아름다움을 두고 오게 만든다. 이 두 가지는 공존할 수 없다. 떠나간다면, 두고 오는 것들이 반드시 생긴다. 나는 그곳에 나의 사랑하는 친구들을 두고 왔고, 우리가 함께 할 수 있었을 시간을 두고 왔고, 어쩌면 만날 수 있었을 새로운 인연들을 두고 왔고, 좋아했던 밤 산책길을 두고 왔고, 가을이면 낙엽이 무성했던 풍경들을 두고 왔고, 존경하는 작가님의 공간을 두고 왔고, 내가 울고 웃었던 서점을 두고 왔다. 두고 온 것들이 수없이 많아 여기에 다 나열할 수 없을 정도다. 나는 이 많은 것들을 두고서 여기에 왔다. 그리고 여기에 있다. 두고 온 것들을 생각하며 아쉬워한다. 아 거기 있었으면 나도 너희와 함께였을 텐데. 너희와 함께 익숙한 공간에서, 익숙한 공기를 마시며 장난을 쳤을 텐데. 지금쯤 그 카페의 낙엽은 얼마나 노래졌을까. 그 식당은 여전히 사람이 많을까. 내가 그곳에 있었다면 얼마나 좋았을까. 얼마나 좋았을까.

많고 많은 삶 중에 내가 살 수 있는 삶은 단 하나 뿐이다. 우리는 떠나면서도 두고 오지 않는 삶을 살 수 없다. 그러기에 우리는 선택해야 한다. 이 것과 저 것 중에서, 이 사람과 저 사람 중에서, 이 곳과 저 곳 중에서. 선택했다면 그 선택에 최선을 다하며 사는 것 말고는 할 수 있는 게 없다. 그래서 우리는 자주 슬프다. 자주 아프다. 그 선택이 좋은 선택인지 나쁜 선택인지 대부분 알 수 없기 때문이다. 그 누구도 장담하거나 확신할 수 없다. 고심 끝에 내린 결론이 나쁜 결과를 가져올 때도 있고 우연한 선택이 좋은 결과를 가져올 때도 있다. 우리는 떠나는 사람이 되었다가 남겨진 사람이 되었다가를 반복한다. 새로운 아름다움에 대한 설렘과 두고 온 아름다움에 대한 아쉬움 사이를 오고 간다. 그렇게 삶이 계속된다.

삶이 계속된다는 건 떠나가는 일과 남겨지는 일을 반복해야 한다는 뜻이다. 그리고 동시에 돌아올 수도 있다는 뜻이다. 그래서 나는 계속되는 삶이 좋다. 떠나간 채로 끝나지도 않고 남겨진 채로 끝나지도 않는 삶이 좋다. 삶이 계속되는 이상 우리는 다시 돌아갈 수 있다. 그리고 두고 온 아름다움을 다시 마주할 수 있다. 어느새 두고 온 것과 새롭게 마주한 것 사이의 경계가 희미해질 때가 올지도 모른다. 어디서 무엇을 떠나왔는지 모른 채, 무엇을 두고 왔는지 모른 채로 삶이 계속된다. 나는 그저 우리가 그 사이에서 덜 슬프기를 바란다. 두고 온 것들은 다음을 기약하는 아쉬움으로, 내일을 기대하게 하는 아쉬움으로 우리에게 남기를 바란다. 그 힘으로 또 새로운 아름다움을 맞이하는 우리가 되었으면 좋겠다.

내가 살 수 있었을 삶과 지금 살고 있는 삶이 나를 지나간다. 마주한 것들과 두고 온 것들이 나를 지나간다. 하나같이 아름다워서 나는 또 울 수 밖에 없다.

세 친구

〰〰

  여기 세명의 친구가 있다. 하하, 랄라, 진진. 이들은 아주 가지각색이다. 자세히 보면 볼수록 닮은 구석 하나 없다. 하하는 밝고 명랑하며 목소리가 크다. 언제 어디서든지 크게 웃고 크게 말한다. 하하와 함께하는 이들은 처음에는 하하의 웃음소리에 놀라다가도 어느새 그 웃음에 매료된다. 하하는 계속계속 듣고 싶은 호탕한 웃음소리를 갖고 있다. 랄라는 따듯하지만 강단 있고 뿌리가 깊은 친구다. 랄라를 스치고 간 그 어떤 바람도 랄라의 깊은 뿌리를 해치지 못했다. 랄라에게 스치는 바람이 세면 셀수록 랄라는 더 깊고 따듯한 사람이 되어간다. 우리는 모두 랄라가 내어주는 빛을 받으며 커왔다. 진진은 밝고 털털한 면모와 아주 세심한 면모를 모두 가진 친구다. 하하와 함께일 때는 하하처럼 크게 웃고, 랄라와 함께일 때는 랄라의 잔잔하고도 울림 있는 목소리를 잠자코 들어준다. 또한 그 사이에서 진진만의 고유성을 잃지 않는다. 하하, 랄라, 진진은 서로의 웃음소리를 들으며 때로는 큰 소리에 귀를 막으며 그러나 여전히 사랑하며 살아간다.

오늘은 하하가 밥을 사는 날이다. 평소에 랄라와 진진에게 받은 게 많다며 하하는 이들을 맛있는 파스타 집에 데리고 간다. 사실 랄라와 진진은 정확하게 모른다. 자신들이 하하에게 무엇을 줬는지. 하하가 왜 밥을 사는지. 그들이 내어준 마음을 그들은 모른 채로 파스타를 먹는다. 파스타를 먹던 중 하하가 말한다.

"어우 이 파스타 좀 짜지 않아?"

랄라는 알고 있었다는 듯이 하지만 대수롭지 않다는 듯이 말한다.

"괜찮아! 떠먹는 피자랑 같이 먹으면 완전 단짠단짠이야!"

그 대화를 듣고 있던 진진은 고개를 끄덕이며 맞장구를 친다. 진진에게 파스타의 간은 그다지 중요하지 않다. 앞에 앉아있는 하하와 랄라의 대화가 그저 즐거울 뿐이다. 무엇보다 진진의 입에는 다 맛있다.

밥을 다 먹고 나온 랄라와 진진은 하하에게 감사인사를 전한다. 다음에는 비싸고 고급진 스테이크를 사달라는 당부도 잊지 않는다. 하하는 툴툴거리면서도 이들의 장난이 싫지 않다. 자신에게 무언가를 기대하는 이들이 좋다. 아무렇지 않게, 당연하게 다음을 기약하는 이들이 왜인지 가족 같다고 느껴진다.

하하, 랄라, 진진은 나란히 걷는다. 뒤로 갔다 앞으로 갔다 하면서 걷는다. 세 친구는 먼저 진진의 집에 들러 하하에게 빌려줄 재킷을 챙긴다. 다음 주에 하하에게 중요한 약속이 있기 때문이다. 셋은 나란히 앉는다. 버스정류장 의자의 '엉뜨'에 감탄하며 노래를 부른다. 랄라가 노래를 부르면 하하는 대충 음만 흥얼거리고 진진은 또 그저 웃는다. 하하의 집에서 랄라와 진진은 가방을 고른다. 하하 삼촌의 친구분이 가방회사에 다니시는 탓에 하하의 집에는 예쁘고 반짝거리는 가방이 많다. 각각 두, 세 개씩 마음에 드는 가방을 손에 쥐고서 랄라의 집으로 향한다. 랄라의 집에서는 '셀프 속눈썹 펌'시술이 이루어진다. 기술자는 하하다. 진진은 깨끗이 세수를 하고 랄라의 침대에 누워 자신의 속눈썹을 하하의 손에 맡긴다. 하하는 눈에 붙인 테이프가 불편하지 않냐며 자꾸만 물어보지만 진진은 몰려오는 졸음 탓에 불편함을 느낄 새가 없다. 꾸벅꾸벅 졸며 생각한다. 여기에는 내 것이 하나도 없구나! 랄라의 침대에 누워서, 내 손이 아닌 하하의 손으로 진진의 속눈썹은 치켜올려진다. 내 것이 하나도 없는 곳에서도 이토록 편안함을 느낄 수 있음에 감탄하며 진진은 잠에 빠져든다.

닮은 구석 하나 없는 이들이 어떻게 친구가 되었는지는 이들 조차도 잘 모른다. 무엇이 이들을 여기까지 이끌었는지, 왜 하하는 밥을 사주고 진진은 하하에게 재킷을 빌려주며 랄라의 집에서 속눈썹을 치켜올리는지. 공통점이 있다면 그것은 서로를 생각하는 마음일 것이다. 네가 더 행복하기를 바라는 마음, 네가 더 잘 잠들기를 바라는 마음, 네가 더 빛나기를 바라는 마음, 무엇보다 네가 더 잘 살기를 바라는 마음. 이 마음이 이들을 여기까지 끌고 왔다. 마음과 마음이 이어져 지금의 세 친구를 만들었다. 세 사람은 씩씩하게 살아갈 힘과 두려움 없는 마음을 주고받는다. 끝내 말로는 형용할 수 없을 마음들이 여기저기 떠 다닌다. 아마 이들은 서로가 서로를 얼마나 사랑하는지 모를 것이다. 그 사랑을 생색 낼 생각도 없을 것이다. 이들은 사랑을 주는 일이 곧 받는 일임을 누구보다 잘 알고 있기 때문이다.

집으로 돌아간 진진은 새롭게 태어난 속눈썹을 엄마에게 자랑한다. 이 속눈썹으로 살아갈 새로운 날들을 기대한다. 하하에게 카톡이 온다. 진진보다 더 길고 잘 올라간 랄라의 속눈썹 사진이다. 진진은 랄라의 속눈썹이 오래오래 위를 보고 있기를, 언젠가는 하하의 속눈썹도 자신이 올려줄 수 있기를 기도하며 늦은 잠을 청한다. 세 친구는 깊고도 단 잠을 잘 것이다.

그럼에도 불구하고

드디어 이날이 왔네. 모든 걸 끝내고 후련한 마음으로 너를 볼 수 있는 날이. 그동안 정말 고생 많았어. 그 긴 긴밤을 지나서, 끝이 보이지 않는 터널을 지나서 여기까지 오느라 수고 많았어. 언젠가 너에게 꼭 편지를 쓰고 싶었는데 결국 이제서야 쓰게 되네.

긴 마라톤을 마친 선수의 일상은 어때? 최선을 다 한 사람만이 느낄 수 있는 기분이 있잖아. 생각해보면 나는 아직 한번도 최선이라는 걸 다해 본적이 없는 것 같거든. 숨이 턱까지 차서 더이상은 못하겠다 라고 할만큼 최선을 다해 본 적이 없어서 가끔은 네가 부러웠어. 너는 분명 힘들어서 헉헉대고 있을 테지만 최선의 최선을 다할 수 있는 용기가 너에게는 있는 것 같아서. 나는 넘어지는 게 겁이나 최선을 다해 달리지 못하는 사람이거든. 너에게 궁금한 게 참 많아. 시간이 된다면 너와 앉아서 이런저런 이야기를 나누고 싶어. 너는 나와 비슷한 게 참 많잖아. 내가 느낀 것들을 너도 느꼈을지, 너는 어땠을지 궁금해. 너에게서 나를 발견할 때마다 나는 너를 응원하게 됐어. 너의 슬픔을 이해할 수 있을 것 같았거든. 너를 응원하는 일이 꼭 나를 응원하는 일처럼 느껴졌거든.

나는 요즘 더할 나위 없이 행복한 날들을 보내고 있어. 어쩌면 다시는 돌아오지 않을 날들이야. 입 밖으로 참 행복하다고 자주 말해. 그리고 아 배부르다고도 자주 말하고. 밖은 춥고 집은 따듯하고 배는 부른 날들. 당연하지만 당연하지 않은 것들이잖아. 행복이란 게 내가 노력한다고 오는 것도 아니고 소홀하다고 달아나는 것도 아니잖아. 그저 내 옆에 있을 때 실컷 누리는 거야. 가득 느끼고. 자주 말하고. 그러면 왠지 오랫동안 내 옆에 있을 것 같은 기분이 들어. 만져지지 않는 행복이 만져지는 것 같기도 하고.

최근에는 아르바이트를 하다가 아주 못된 말을 들었

어. 처음에는 울컥 눈물이 났다가, 다음에는 화가 났다가 그 다음에는 마음이 내내 아팠어. 아직도 그 눈빛과 차가운 말투와 못된 단어들을 생각하면 가슴이 답답해져. 오랜만에 정말 살기 힘든 세상이라는 생각을 했어. 아주 무시무시한 세상이라는 생각을 했어. 그런데 있지, 그런 생각을 아주 오랜만에 했다는 사실에 나는 조금 부끄러워졌어. 세상이 내 뿜는 온기를 한껏 받아 놓고 한번 바람 불었다고 투정 부리는 내가 부끄러웠어. 그리고 생각했어. 온기보다는 한기를 더 많이 받고 있을 누군가에 대해서. 그들이 사는 세상에 대해서. 아무리 아프고 힘든 세상이라고 해도 겪어보지 않으면 모르는 거잖아. 그래서 조금 다행이라는 생각도 들었어. 그들의 마음에 한 발짝 정도 다가간 것 같았거든. 내가 살 수 있는 삶은 하나지만 짐작해 볼 수 있는 삶이 더 많아지는 기분이었어. 헤아려 볼 수 있는 삶이 하나 정도 더 늘어난 것 같았어.

너에게도 나에게도 앞으로 이런 일은 수없이 많이 일어나겠지. 그러면서 우리는 어떤 어른이 되어갈까? 못된 말을 많이 들은 우리는 못된 어른이 되어가는 걸까?

못된 어른에게 상처받은 우리는 또 다른 못된 어른이 되어 누군가에게 상처를 주고 살아가는 걸까? 그건 너무 슬픈데. 나는 못된 어른이 되고 싶지 않은데. 세상이 나를 못되게 만들 때마다 나는 우리 아버지를 생각하곤 해. 아버지는 나쁜 일을 많이 당할수록, 못된 말을 많이 들을수록 다정한 사람이 되어갔거든. 내가 당했으니, 너도 당해봐라! 가 아니라 내가 아픈 것처럼 너도 아팠겠구나. 내가 외로웠던 것처럼 너도 외로웠겠구나. 라고 말하는 사람이거든. 한번 아파본 사람은 그 아픔을 아니까. 그 아픔을 어루만지는 법도 알 수 있지 않을까. 너무 무거운 부탁일 수도 있겠지만 나는 너와 내가 그렇게 살았으면 좋겠어. 혼자서는 조금 힘들 것 같은데 너와 함께라면 그렇게 살 수 있을 것 같아. 뭐든 혼자서는 힘든 일도 같이하면 할만하잖아. 우리 서로를 보며 그럼에도 불구하고 다정하고, 그럼에도 불구하고 웃을 수 있는 하루하루를 살아가자. 진짜 행복은 그곳에 있을지도 몰라.

너와 나누고 싶은 대화가 기쁜 대화였는지 슬픈 대화였는지 모르겠어. 슬픔과 기쁨이 한 장 차이인 것 같기도 하고. 너를 보며 기쁨과 슬픔 모두를 느끼니까. 나는 가끔 못된 말을 듣고, 울고, 화를 내고 아파해. 하지만 자주 사랑을 말하고, 웃고, 기뻐하며 감동해. 살다보면 자주 못된 말을 듣고 가끔 사랑을 말하게 되는 날이 올지도 모르지. 그래도 괜찮아. 나는 곧 다시 사랑을 노래할 수 있을거야. 아직은 그렇게 믿고 있어. 가난한 마음을 지닌 사람만이 사랑에 대해 노래할 수 있대. 가난한 마음을 지닌 네가 자주 사랑에 대해 노래했으면 좋겠어. 네가 못된 말을 들었을 때도 화가 나서 끙끙 거릴 때도 사랑을 잃지 않기를 바라. 너에게 가난한 마음과 슬픔을 견딜 힘과 그럼에도 불구하고 사랑할 수 있는 용기를 달라고 언제나 기도할게. 되도록이면 네가 세상의 온기를 더 많이 느끼며 살기를 기도할게. 너의 다정함을 부디 해치지 않기를. 나는 절대로 쓸 수 없을 너만의 이야기를 부지런히 써 내려가기를 바라. 언제나 너의 이야기를 기다릴거야.

  새로운 페이지를 시작한 너에게. 사랑을 담아 예진이가.

친애하는

나는 너희를 언제부터 친애하게 되었을까. 친애하는, 이라는 말을 사용한 이후로부터? 아니면 그 전부터? 나는 나도 모르는 사이에 너희를 친애하게 되었다. 학술제를 며칠 앞두고 나는 학술제 문집 맨 뒤에 실릴 소감문을 쓴다. 작년 임원들이 쓴 소감문을 한 번씩 쭈욱 읽어보고, 아 이런 흐름으로 쓰면 되는 거구나 익히고 난 뒤 노트북에 손을 올린다. 소감문도 글이라고 이상하게 마음이 차분해진다. 아무리 생각해도 고맙고 고마운 선배들, 다시 돌아가라면 자신 없지만 지나지 않았더라면 아쉬웠을 순간들, 이제는 추억이 되어버린 시간, 마지막으로 하고 싶은 말. 이 정도면 되었나 하고 다시 읽어보다가 중요한 사람을 빼먹었다는 사실을 깨닫는다. 지금의 내가 될 수 있도록 해준 친구들. '사랑하는'이라는 수식어는 이미 앞에서 썼으니 다른 단어가 무엇이 있을까 생각하다 나는 친애하는, 이라는 말을 덧붙인다. 친애하는 친구들. 친밀히 사랑하는 친구들.

서울로 향하는 기차 안에서 조금은 떨리는 마음으로 카톡을 보낸다.

"나 학교 도착하면 놀아줄 사람~?~?"

휴학을 한 뒤로 오랜만에 들어가는 카톡방이다. 기다렸다는 듯이 친구들에게서 답장이 온다.

"나 세시에 마쳐!"

"나는 두시!"

"나는 한시!!"

그제야 나는 긴장을 풀고 너희들의 얼굴을 하나씩 떠올린다. 너는 여전히 콜라를 좋아할지, 너는 오늘도 멋있는 옷을 입고 왔을지, 너의 얼굴은 여전히 하얗고 또렷할지, 너의 미소는 여전히 강아지 같이 밝고 귀여울지, 너의 씩씩함은 여름에도 겨울에도 똑같을지, 너의 다정함은 오늘도 유효할지, 너는 요즘도 많은 사람들에게 감동을 선사하는지, 오늘의 너는 여전히 놀리고 싶은 얼굴을 하고 있을지, 너의 세심하고도 따듯한 마음을 시크함 속에 숨기고 있을지, 곁에 있는 사람을 편안하게 만드는 너의 하루도 편안했는지, 너의 엉뚱함과 귀여움을 다른 사람에게 들키지 않았는지.

서울역에 내려 능숙하게 정류장을 찾아서 익숙한 번호의 버스를 탄다. 더 이상 헤매지 않는 나의 모습에 스스로 놀란다. 작년에는 그렇게도 쓸쓸하게 느껴지던 종로가 오늘은 왜 이리 다정하게 느껴지는 걸까. 매일 들었던 정류장의 이름들이 귓가를 스쳐 지나가고 학교가 가까워질수록 이상하게 신이 난다. 학교 정문에서 내리자 저 멀리서 내게로 뛰어오고 있는 너희가 보인다. 예전과 같은 모습을 하고서 같은 미소를 지으며 나에게로 오는 너희들. 보고 싶던 얼굴들. 돌아왔다는 기분이 든다. 순간 나는 헛웃음을 짓게 된다. 돌아왔다니. 돌아왔다는 기분이 들다니. 매일 부산으로, 집으로 돌아가고 싶어 안달이 났던 나였는데 어째서 서울에서, 서울 한복판의 종로에서, 종로에 있는 학교에서 나는 돌아왔다는 생각을 하는 것인가.

사실 나는 이 정도로 너희가 보고 싶지 않았는데. 집

에서 편안하고 안온한 일상을 보내고 있었는데. 너희를 마주하자마자 나는 너희가 매우 그리웠다는 사실을 깨닫는다. 너무 반가워서 자꾸 신이 난다. 너희와 함께하는 내가 아주 마음에 든다. 너희는 작은 나를 더 작게 만든다. 그리고 작아도 하나도 부끄럽지 않게 만든다. 너희는 나의 작음을 사랑해 준다. 그러면 나도 나의 작음을 더 사랑하게 된다. 친구들 속에서 나는 작아도 괜찮고 실수해도 괜찮고 마음껏 웃어도 괜찮고 마음껏 울어도 괜찮은 내가 된다. 더 괜찮은 내가 된다. 내가 돌아온 곳은 서울이 아니라 너희들이었던 것이다. 제법 괜찮은 내가 될 수 있는 너희들에게로 나는 돌아온 것이다.

너희는 그간 괜찮았는지 묻고 싶었다. 여전한 너희를 보며, 여전하지만 조금씩 성장하고 동시에 깎기기도 했을 너희를 보며 나는 애틋함을 느낀다. 여전히 다정하고 환하게 웃기 위해서 지나왔을 시간을 어렴풋이나마 짐작해 본다. 그 시간을 지나 우리가 지금 여기 함께 있다는 게 더없이 즐겁다. 함께할 수 있는 것만큼 큰 기적은 없다는걸, 우리의 무수한 선택들이 지금의 우리를 만들었다는 걸 알기에 너희의 선택이 더없이 고마워진다. 그 고마움에 나는 더 좋은 사람이 되고 싶어진다. 좋은 사람이 되어 너희에게 더 좋은 순간들을 선사해 주고 싶다. 내가 느낀 기쁨을 너희도 느꼈으면 한다. 그럼 더 살고 싶어질 것이기 때문이다. 힘들고 어려운 순간을 마주하더라도 "그래도 다시 한번!" 이라고 외칠 수 있는 힘이 생기기 때문이다.

우리는 언제까지 친애하는 친구들일 수 있을까. 살아온 날보다 살아갈 날들이 많은 우리. 아직은 어린 우리. 살다 보면 우리는 친애하는 친구들이 되었다가, 친밀한 친구가 되었다가, 그냥 친구가 될 것이다. 슬프지만 아마도 그럴 것이다. 그래서 나는 지금 너희를 응원한다. 지금 너희를 사랑한다. 마음 다해 응원하고 마음 다해 사랑한다. 너희 삶에 앞으로 친애하는 사람들이 더 많이 생기기를, 멀어졌다 가까워졌다를 반복하는 세상에서 너무 외롭지 않기를.

친애하는 친구들. 이라는 말 속에 숨겨 놨던 소중한 이름들을 이제서야 한 명씩 나열해 본다. 그 짧은 소감문에서 자기들을 발견하고 기뻐하던 너희의 이름을 한

명, 한 명 불러본다. 너희를 좋아하는 마음으로 세상을 보고 싶다. 아직은 살만한 세상이라고 생각하며 나는 너희를 떠올릴 것이다.

종이를 잘 자르는 법

~~~~~~~~~

오늘도 카톡이 울린다. 알바생들이 모여있는 카톡방이다. 처음에는 사무적인 애기들만 오고 가다가 좀 친해진 이후로는 우리들의 메모장이 되어버렸다. 알바와 관련된 이야기부터 자신의 통장잔고 이야기와 점심으로 학식을 먹었다는 등의 사소한 이야기들까지. 알아도 그만 몰라도 그만인 이야기들이 이 카톡방 안에서 일어난다. 나는 그 안에서 알지만 다 안다고 말할 수 없는 이들의 이야기를 들으며 웃는다. 글을 쓰는 나와 휴학생인 나와 교회를 다니는 나는 이 안에서 그냥 알바생이다. 우리는 모두 각자의 이야기를 조금은 숨긴 채로, 이 카톡방 안에서는 그냥 알바생이라는 이름으로 존재한다.

하루는 하라무와 둘이 일을 하다가 모든 사람에게 친절하게 대하는 일이 쓸데없는 일 같다는 말이 나왔다.

나는 왜 그렇게 생각하냐고 물어봤고, 하라무는 너무 친절하게 대하다가 언젠가부터 지쳐버렸다는 말을 했다. 그 말을 하는 하라무의 얼굴이 조금은 슬퍼 보여서, 그 말의 의미를 알 것 같아서 더 자세하게 묻지 못하고 "아무래도 그렇긴 하지."라고 말하며 동시에 같이 일하는 알바생들의 얼굴을 떠올렸다. 세복이와 너굴맨. 이 둘의 얼굴이 떠올랐다. 내가 생각하기에 쓸데없이 다정한 사람들이기 때문이다. 세복이는 처음 봤을 때는 작고 예민하고 까칠한 사람이라고 생각했다. 말도 툭툭- 던지듯이 말하고 인사도 시크하게 받아주며 그 와중에 일은 민첩하게 잘했기 때문이다. 알바생들 중에 여기서 가장 오래 일한 사람이기도 하니 밉보이지 않아야겠다고 생각한 것도 같다. 그런데 같이 일하는 두 번째 날이었나 오는 길에 크로와상을 한 봉지 사 와서는 같이 먹자며 건네는 것이다. 그것도 아주 시크하게.

"헐 언니 이거 뭐야?"
(사실 세복이는 나보다 언니다.)

"크로와상. 오는 길에 있어서 사 왔어."

"맛있겠다! 엄청 많이 사 왔네?"

"여기 별로 안 비싸. 한 봉지는 내 친구 줄거고, 한 봉지는 우리 같이 먹자."

나는 바삭하고 부드러운 크로와상을 먹으며 꼭 세복이 같다는 생각을 한다. 티 내지 않고 생색내지 않지만 마음은 따뜻한 사람, 말은 툭툭 던지듯이 말해도 그 안에 다정함이 들어있는 사람들이 있는데 세복이도 그런 사람이구나. 겉은 말랑말랑한 푸딩처럼 보여도 속에는 뾰족한 가시를 품고 있는 사람들 사이에서 겉은 바삭하고 속은 부드러운 크로와상 같은 사람이 얼마나 귀한지 잘 알기에 세복이가 더 좋아진다. 이후로도 세복이는 알바생들의 붕어빵 취향을 물어보고, 팥붕파와 슈붕파를 잘 정리한 뒤 각자의 취향을 담은 붕어빵을 사 온다. 역시나 시크하게 사 와서 시크하게 건넨다. 나는 그런 세복이의 무심한 듯한 애정이 좋다. (아마 나였다면 내가 붕어빵을 사 왔다고 동네방네 떠들고 돌아다녔을 것이다.)

너굴맨은 우리 매장의 매니저이다. 매니저이자, 기술자이자, 테마 개발자이자, 회계이자..... 그냥 다 한다. 못하는 것 빼고 다한다. 아니 못하는 것도 어찌어찌해낸다. 내 기준 세상에서 할 줄 아는 게 가장 많은 사람이다. 평일에는 매장에 손님이 별로 없기에 나는 이런저런 잡일을 하며 너굴맨을 돕는다. 초등학교 종이접기 방과 후 시간 이후로는 종이를 섬세하게 잘라본 적도, 깔끔하게 코팅을 해본 적도 없는 나이기에 아주 쉬운 일도 아주 어렵게 해낸다. 종이는 왜 자꾸 미끄러지는지, 커터칼은 왜 일자로 가지 않고 자꾸만 자를 벗어나는지, 자를 고정하는 내 손은 왜 이리 작은지. 한 번에 깔끔하게 자르지 못하고 또 프린터 하고, 또다시 프린터 하고. 내가 봐도 답답하다. 하지만 이런 나를 바라보는 너굴맨은 나에게 군소리 한마디 하지 않는다. 잘 자르다가도 한 귀퉁이가 삐뚤어져 쓸 수 없게 된 종이를 보며 한숨 쉬는 나에게 언제나 괜찮다며, 다시 뽑아서 자르면 된다고 말한다. 그리고는 종이를 예쁘게 한 번에 잘 자르는 방법을 알려준다. 종이 자르는 것도 기술이라고, 지금 배워두면 분명 어딘가에 쓸모가 있을 거라고 말하며 자세하게 하나씩 알려준다. 나는 너굴맨에게 종이 잘 자르는 법, 코팅 깔끔하게 하는 법, 시트지 붙이는 법 등등 지금 당장 필요하지 않지만 분명히 언젠가는 필요할 지식들을 배운다. 그리고 지켜봐 주는 법을 배운다. 너굴맨은 언제나 똑같이 말한다.

"지금 내가 하는 거 잘 봐 뒀다가, 다음에 잘하면 되는 거야! 괜찮아. 잘하고 있어. 최고야 최고."

나는 이제 종이를 잘 자른다. 판 위에 종이를 놓고, 긴 자를 손으로 세게 고정한 다음, 칼을 자에 딱 붙여서 일자로 주욱 그어 내리면 된다. 한번 실수해도 의기소침해지지 않는다. 나에게는 다음이 있기 때문이다. 다음에 더 잘하면 되기 때문이다.

곧 세복이와 너굴맨 둘 다 이 매장을 떠난다. 세복이는 작고 가끔은 덤벙대지만 언제나 꼼꼼한 간호사가 되어 병원으로 출근할 것이고, 너굴맨은 또 새로운 직장을 찾아 새로운 사람들과 함께 여전히 밝고 씩씩하게 웃으며 일할 것이다. 나는 이들의 다정이 쓸데 있는 다정함이라고 말해주고 싶다. 당신들의 다정 덕분에 나는 나의 하루가 더 따뜻해졌고, 실수해도 다시 하는 법을 배웠으니까. 당신들 덕에 나도 더 다정한 사람이 되어야겠다고 마음먹었으니까. 한 사람을 바꾸는 다정은 온 세상도 바꿀 수 있다고 믿으니까.

조금은 지쳐있는 하라무에게도, 작고 시크하고 귀여운 세복이에게도, 언제나 단단한 웃음을 짓고 있는 너굴맨에게도 내가 받은 다정과 내가 들은 응원을 그대로 돌려주고 싶다. 세상이 친절함과 다정함을 가져가려 할 때마다 잘하고 있다고, 다음에 더 잘하면 되는 거라고, 네가 최고라고. 따듯한 붕어빵을 건네며 말해주고 싶다. 나는 이들의 지난 이야기들은 알지 못한다. 어떤 시간을 거쳐서 여기에 왔고 그 시간 동안 울었는지 웃었는지 알지 못한다. 다정함 속에 담긴 사연들도 알지 못한다. 하지만 앞으로 살아갈 이야기들은 알 수 있다. 우리는 점점 더 좋아질 것이다. 종이를 자르면 자를수록 더 잘 자르게 되는 것처럼 우리의 인생도 그럴 것이다. 다정하면 다정할수록 다정한 인생이 다가오기를. 앞으로의 나날들은 더 따듯하기를 바라며 이들을 떠나보낸다.

잊힐 이야기

〰〰〰

저 멀리서 양갈래를 하고 뛰어오는 하하가 보인다. 파란색 비니에 파란색 후드집업을 입고 활짝 웃고 있는 하하. 우리는 신나서 라볶이 집으로 들어간다. 오늘 간 곳은 '디델리'. 고등학교 때 하하와 종종 갔던 곳인데 아주 오랜만에 이곳에 들린다. 디델리는 내가 초등학생에서 중학생이 되고, 중학생에서 고등학생이 되고, 고등학생에서 대학생이 될 때까지 한 자리를 지켜온 서면의 몇 안 되는 가게이다. 분명 저녁시간에는 사람이 북적북적했는데 오늘은 아줌마들 한 팀이 구석자리에 앉아 있고 젊은 사람들은 보이지 않는다. 이제는 주문도 키오스크로 받는 디델리. 우리는 라볶이+치킨 그라탕 세트와 튀김을 시킨다. 앉아서는 새로 한 네일에 대해 떠든다. 하하의 손톱은 새로 받은 크리스마스 헬로키티 장식으로 아주 아기자기하다. 나 한 번, 네일 한 번. 나

한 번, 네일 한 번. 네일을 보고 배시시 웃고, 나를 보고
는 푸하하 웃는다. 우리가 네일에 대해서, 서로의 취향
에 대해서 이야기를 나누던 중 마침내 음식이 나온다.
직사각형의 트레이를 가득 채운 라볶이와 그라탕과 튀
김의 형태는 그 무엇보다 아름답다. 우리는 서둘러 사
진을 찍고는 숟가락을 든다.

튀김 중 자기주장을 강하게 하고 있는 길고 먹음직한
새우튀김이 눈에 들어온다. 김말이, 치킨 너겟, 스마일
튀김 등등 모두 두 개씩인데 유일하게 새우튀김만 하나
다. 하나는 먹기 애매하다. 분명 둘 다 손을 대지 않다가
다른 것으로 배를 채우고, 결국에는 둘 다 배가 불러 저
튀김을 먹지 못하게 될 것이다. 나는 별 고민 없이 하하
에게 말한다.

"새우튀김 너 먹어!"

그럼 하하는 라볶이를 입에서 우물우물 거리며 묻는다.

"응? 왜? 너 안 먹어?"

나는 그라탕을 한입 떠먹으며 말한다.

"응. 나는 하하 사랑하니까."

나의 무심하고도 진솔한 고백을 들은 하하는 별로 놀랍지 않다는 듯이 말한다.

"헐 나 엄청 사랑하나 본데~?"

"그럼, 넘치게 사랑하지!"

그제야 하하는 새우튀김을 집는다. 그마저도 나에게 한 입 준 뒤에 먹는다. 나는 새우튀김 하나 양보하고 하하를 넘치게 사랑하는 사람이 된다. 하하는 나의 넘치는 사랑을 전혀 부담스러워하지 않으며 그저 받는다. 사랑은 좋은 거니까. 나는 내가 입 밖으로 내뱉고 나서야 생각한다. 아, 내가 하하를 사랑하는구나. 고기를 구워 먹을 때 언제나 맛있는 부위를 내미는 것, 나의 필요를 나보다 먼저 알아차리는 것, 언제나 두 개를 사서 하나씩 나누는 것, 하나 있는 새우튀김을 양보하는 것. 저 멀리 있는 미래를 약속하는 것도 사랑이지만, 바로 내 눈앞의 것을 선뜻 내미는 것도 사랑이니까. 미래의 100만 원보다 현재의 10만 원이 더 아까운 게 사람이니까. 그 10만 원을 준다는 건 지금 당장 10만 원어치의 행복할 기회를 너에게 준다는 거니까.

디델리를 나온 우리는 탕후루를 먹으러 간다. 하하와 있으면 탕후루를 자주 먹게 된다. 그리고 이상하게 하하와 먹는 탕후루는 더 맛있다. 하하가 너무너무 맛있어하기 때문이다. 얇고 반들반들한 설탕이 코팅된 딸기를 입에 넣은 하하는 눈이 커지고, 콧구멍도 커진다. 그러면 귤을 입에 넣고 있는 나의 눈과 콧구멍도 덩달아 커진다. 우리는 너무 맛있다~를 연발하며 12월의 서면 거리를 걷는다. 다음 주 금요일에는 무엇을 먹을지 고민하며 크리스마스에는 무엇을 할지 어떻게 보낼지 벌써부터 신나 하며 걷는다. 하하와 함께 할 때는 너무 먼 미래를 생각하지 않는다. 하하에게는 현재를 충분히 즐길 수 있게 만드는 힘이 있다. 나는 탕후루의 달달함을 느끼며, 신나 하는 하하의 얼굴을 보며 생각한다. 오만 원짜리 네일과 삼천 원짜리 탕후루에 이토록 행복해하는 하하에게 딱 그 정도의 시련만 오기를. 하하의 삶에는 오만 원만큼의 아픔과 삼천 원만큼의 상실만 있기를. 이 이야기는 끝나도 우리의 삶은 끝나지 않기에. 계속되는 삶 속에서 언젠가는 잊히고 말 오늘의 이야기를 나는 적어 내려간다. 오늘의 이야기를 나도 잊고 하하도 잊겠지만 그 행복은 절대 잊히지 않을 것이다. 서로를 사랑할 때 느껴지는 기쁨과 행복은 잊히지 않고 내내 우리 곁을 맴돌 것이다. 그렇게 언젠가 잊힐 이야기는 언젠가 우리를 살게 할 것이다.

청춘의 한복판에서

너에게.

안녕, 지금은 글쓰기 수업 시간이야. 무엇이든 써 내야 하는데 뭘 써야 할지 몰라 한참을 멍때리다가 네 생각이 났어. 나는 어제 글을 써버렸거든. 다시 글을 쓰려면 이야기가 쌓이기까지 시간이 필요한데 아직 나에게는 쌓인 이야기가 없어. 그래서 네 이름을 빌려 글을 쓰려고 해.

편지글인데 변명이 너무 길었다. 요즘 어떻게 지내? 학교는 잘 다니고 있지? 저번에 네가 보내준 학교 사진 덕에 학교의 안부는 잘 전달받았어. 이제 곧 종강이네. 내년이면 우리 4학년이야. 뭐 그래봤자 아직 23살이지만. 나는 요즘 출판을 준비하고 있어. 독립출판을 할지

기획출판을 할지, 제목은 무엇이 좋을지, 목차는 어떻게 구성하면 좋을지 고민이 많아. 물론 지금은 고민만 하고 있어. 휴학이 끝나기 전에 내 이름이 걸린 책을 만들 수 있을 것 같아.

요즘은 책을 만드는 일과 우리의 인생이 비슷한 것 같다는 생각을 해. 책을 내는 건 굉장히 의미 있어 보이지만 알고 보면 딱히 큰 의미는 없거든. 너무나도 많은 책이 쏟아져 나오니까. 그 책들 속에서 나의 이야기가 살아남을 수 있을까? 우리 삶도 가끔 그렇잖아. 나는 나름대로 열심히 살아가는데 남들이 보기에는 초라하거나 아무 의미 없어 보이기도 하잖아. 그럼 우리는 무엇을 위해 글을 쓰고, 무엇을 위해 살아가는 걸까? 나의 글과 우리의 삶은 어떤 의미가 있을까?

청춘은 너무 무거워. 너무나도 많은 가능성이 있잖아. 무엇이든 될 수 있고 무엇이든 할 수 있는 청춘. 수많은 선택지는 가끔 나를 버겁게 만들어. 하지만 그래서 신나기도 하지. 자유로운 동시에 무거운 게 청춘인가 봐. 나는 요즘 지금이 내가 가장 예쁠 때라는 생각을 많이 해.

인생에서 가장 빛나는 때라는 것도 알아. 내 눈에도 나의 청춘이 빛나는데 어른들의 눈에는 어떻겠어. 만나는 어른마다 나를 보면 아이고 예뻐라, 라고 말해. 진짜 예쁜 걸 보는 눈으로. 반짝이지만 조금은 슬퍼 보이는 눈으로. 나는 나의 청춘을 자각하면 기쁜 동시에 조금은 무서워져. 이 청춘도 언젠가는 끝날 테니까. 나도 반짝이는 청춘을 보며 참 예쁘다, 라고 말할때가 올 테니까. 그때의 우리는 어떤 모습일까? 우리의 대화 속에 등장했던 그런 이기적인 아줌마만은 되지 않아야 할 텐데.

어른들은 자기들도 어리고 반짝였던 청춘이었다는 사실을 잊고 살고, 우리들은 우리도 언젠가 약하고 고집 센 어른이 된다는 사실을 잊고 사는 것 같아. 시간 안에서 결국 우리는 하나라는 사실을 기억한다면 세상이 이토록 어지럽지는 않을 텐데 말이야.

이렇게 고민만 하다가 나의 청춘을 다 보내버릴 수는 없으니 이제 일어나서 조금 걸어야겠어. 고민하다, 반짝이다, 슬퍼하다, 웃다가 우리의 청춘이 지나가겠지. 하지만 청춘이 끝나도 우리의 삶은 계속되는 것처럼 나는 계속해서 글을 쓸 거야. 이야기가 쌓이고 글을 쓰고 책을 낼 거야. 한 시절이 가고 또 새로운 한 시절이 온다는 건 어쩌면 희망일지도 모르겠어. 청춘의 한복판에서 너에게 편지를 쓸 수 있어서 기뻐. 우리 또 만나자.

2023년 12월 13일. 사랑을 담아 예진이가.

이제는 우리가 헤어져야
할 시간 다음에 또 만나요

크리스마스가 지나갔어. 그토록 기다리던 크리스마스인데 엄청 특별한 걸 하지는 않았어. 아끼는 친구들을 만났고, 맛있는 걸 먹었고, 깔깔거리며 사진을 찍었고, 요상한 영화를 봤어. 교회를 가서 만나는 사람마다 메리 크리스마스! 라고 외치기도 했어. 메리 크리스마스! 는 세상 어디에서나 볼 수 있는 흔한 말이지만 1년에 한 번밖에 못 하는특별한 말이기도 하잖아. 25일이 지나가고 나면 또 1년 기다려야 하니까 아끼지 않고 여기저기 메리 크리스마스라고 외쳐댔어. 다들 어땠어? 크리스마스 잘 보냈어?

나는 여전한 친구들을 또 여전히 만날 수 있어서 참 좋았어. 만남과 헤어짐이 반복되는 세상에서 우리가 한 번 더 만날 수 있다는 건 엄청 특별한 일이잖아. 여느 날처럼 우리는 웃었고, 떠들었고, 서로를 놀렸어. 그렇게 나는 크리스마스를 떠나보냈어. 그런데 크리스마스가 지나고 나니까 이제야 올해가 끝나간다는 게 실감이 나는 거 있지. 올해는 내가 떠나보내야 할 게 참 많더라구. 나의 1학기를 꽉 채웠던 학생회도 끝나고, 나의 이야기를 들려주고 또 다른 이들의 이야기를 들을 수 있었던 글쓰기 수업도 내일이면 끝나고, 언제 이렇게 정들었는지 모르겠는 알바 친구들도 올해가 지나면 그만두고. 이렇게나 떠나보내야 할게 많은 1년을 보냈어. 오늘은 하루 종일 이들의 얼굴을 떠올렸어. 하나같이 반가운 얼굴들. 그때는 몰랐는데 지금은 알 것 같은 표정들. 유독 슬퍼 보이는 얼굴이 있었는데 그런 너는 지금 웃고 있는지도 궁금했어.

있지, 세상에는 혼자 할 수 있는 게 하나도 없더라. 너희가 없었다면 나는 그 시간을 어떻게 지나왔을까? 그대로 주저앉아서 아직도 엉엉 울고 있거나 허둥지둥 식은땀 흘리며 벙쩌있겠지? 너희에게 정말 고마워. 나를 만나주어 고맙고, 그 시간에 나와 함께해줘서 고마워. 혼자서는 나빴을 시간이 덕분에 행복한 시간이 됐어.

그때는 분명 힘들었는데 왜 지금 생각하면 다 좋기만 한지. 다시 돌아갈 수 없다는 건 슬프지만 그렇기에 우리는 대부분 날을 좋게 기억할 수 있는 거 아닐까. 돌아갈 수 없기에 자꾸 아쉬운 거야. 자꾸만 돌아보고 추억하고. 그러다 보면 그 시간이 더 좋게만 느껴지고.

매일 볼 것 같은 얼굴들이 이제 안녕을 말하고, 영원할 것 같았던 시간이 끝을 보여. 이제 안녕을 말해야 할 시간인 거야. 안녕을 직감하는 때가 오면 나는 더 아쉬워지지. 하지만 끝이 있다는 건 마냥 나쁜 일은 아니야. 끝이 있기에 우리는 서로에게 더 다정할 수 있어. 왜 밉고 힘들었던 시간도 끝난다고 생각하면 조금 아쉬워지잖아? 공간도, 얼굴도 괜히 한 번 더 바라보게 되고, 한 번 더 찾아가게 되고. 이제 마지막이니까 하는 마음으로 미운 말은 속으로 삼키고 그냥 웃으며 넘어가는 거야. 마지막이니까. 이 시간으로 다시 돌아올 수 없으니까.

이렇게 만남과 헤어짐을 반복하는 와중에도 언제나 내 곁을 지켜주는 사람들이 있어. 나의 이야기를 들어주는 너희 말이야. 나는 돌아갈 수 있는 너희가 있어서 또 새로운 안녕을 말해. 안녕하고 만나서 안녕하고 헤어지더라도 다시 돌아갈 수 있는 너희가 있으니 괜찮아. 조금 울고 금방 일어나서 새로운 하루를 맞이할 거야. 너희도 그랬으면 좋겠어. 모든 헤어짐에 금방 털고 일어날 수 없겠지만 그래도 조금만 울고, 아니 많이 울더라도 다시 일어나서 계속 살았으면 좋겠어. 나는 슬퍼도 여기서 글을 쓰고 기뻐도 여기서 글을 쓸 테니 혹시 돌아올 곳이 필요하다면 여기로 와도 좋아. 나는 그냥 계속 나의 이야기를 들려줄게. 너희가 만나고 헤어지는 동안 나도 만나고 헤어짐을 반복할 테고, 기뻐하고 슬퍼하는 서로를 보며 그렇게 같이 사는 거야.

내가 좋아하는 말이 있어. 한 개의 문이 닫히면, 반드시 새로운 한 개의 문이 열린다는 말. 끝은 곧 시작을 말하기도 해. 오늘이 끝나야만 내일이 오고, 올해가 끝나야만 내년이 오겠지. 안녕을 말하고 나면 또 새로운 안녕이 찾아올 거야. 그때까지 우리 잘 지내자. 다시 만나는 날 그간 쌓였던 너의 이야기를 들려줘. 그때는 잠자코 듣기만 할게. 우리 또 만나자.

느낌표 다섯 개

〰〰〰

집으로 돌아오는 내내 느낌표 다섯 개에 대해 생각했어. 오늘 만난 사람들이 그러더라고. 내가 그들을 부를 때 항상 뒤에 느낌표 다섯 개가 붙는대. "언니!!!!! 오빠!!!!!"이렇게. 그 말이 너무 웃기고 어이없어서 자꾸자꾸 생각이 났어. 그런데 또 부정할 수 없는 거야. 정말 그런 것 같거든. 내가 생각해도 그냥 언니, 오빠보다는 꼭 뒤에 느낌표 다섯 개를 붙여서 부르는 것 같거든. 알바하다가 문을 열고 들어오는 사람이 같이 일하는 언니인 걸 발견하면 나는 아주아주 크게 언니!!!!라고 불러. 보통 '언'에 힘을 줘서 부른대. 그러니까 언! 니!!!!!인거지. 그러면 대체로 언니들은 시크한 표정으로 나를 맞이해. 그래도 나는 굴하지 않고 항상 언니!!!!!라고 느낌표 다섯 개를 붙여. 언니가 너무 반가우니까. 옆에서 자꾸만 쫑알대고 싶고, 장난치고 싶으니까. 오빠들을 부를 때는 보통 도움이 필요할 때야. 내가 고객들의 불만을 해결해 줄 수 없을 때, 나의 능력 밖의 일을 팀장님이 시키실 때 나는 주저하지 않고 오빠!!!!!라고 부르지. 그러면 나의 소란스러운 부름과는 상반되게 조용하게 나타나서 깔끔하게 일을 해결하고 다시 사라져. 그럼 나는 고마움을 한껏 담아 쌍 따봉을 날려주지. 능숙하게 일을 해결할 수 있게 되기까지 얼마나 많은 시간을 거쳐 왔을지 나는 상상도 할 수 없어. 그 많은 시간을 지나치며 배운 것들을 나는 그냥 느낌표 다섯 개로 잠시 빌리는 거야. 그러니 미안한 마음과 고마운 마음에 느낌표가 자꾸자꾸 늘어나는 건지도 몰라.

오늘도 어김없이 나는 이들을 부를 때 느낌표 다섯 개를 붙여서 불렀어. 반가움과 미안함과 고마움을 가득 담아서. 그중에서도 반가움이 제일 컸어. 나의 힘듦과 고됨을 제일 잘 아는 사람들. 말하지 않아도 오늘의 치열함과 정신없음을 알아줄 사람들. 그래서일까 나는 이들이 덜 힘들었으면 좋겠어. 자꾸만 응원하게 돼. 그래서 주제넘은 충고를 하기도 했어. 나의 행복을 기준 삼아 이들에게 막 들이밀었어. 이렇게 해야 행복해져! 이런 건 하면 안 돼! 너의 행복을 바란다는 말을 방패 삼아 상처를 준 거야. 진짜 행복을 바란다면 섣부른 충고보다는 묵묵한 응원이 더 필요하다는 걸 몰랐던 거야. 나는 응원도 뭐가 이렇게 요란스러운 건지. 나는 드러내지 않고 응원만 남는 방법이 있다면 얼마나 좋을까? 그러면 그 누구에게도 상처를 주지 않을 텐데 말이야. 이 자리를 빌려서 미안하다고 말하고 싶어. 반가움은 느낌표 다섯 개로, 응원은 온점 다섯 개로 건네는 사람이 되고 싶어.

자리에서 일어나 "이제 진짜 언제 만날지 모르겠지만 그래도 잘 지내! 다음에 또 만나~~~" 라고 인사하고는 집으로 나섰어. 사실 아르바이트라는 게 그렇잖아. 매일 보다가 누구라도 여기를 그만두면 이제는 가끔 보다가, 영영 못 보는 사람이 되어버리기도 하잖아. 이런 짧은 만남과 헤어짐은 삶에서 수도 없이 많이 일어나니까. 살면 살수록 언젠가는 익숙해지겠지, 생각하다가도 익숙해지는 게 과연 좋은 건가, 라는 생각을 해. 모든 헤어짐에 아쉬움이 남는다면 그건 슬픈 일일까 기쁜 일일까?

그런데 그렇게 아쉬움을 뒤로하고 집으로 돌아가는

길이 너무 좋은 거 있지. 늦은 밤에, 사람은 드문드문 보이고, 거리는 고요하고, 귀에서는 좋아하는 음악이 흘러나오고. 이 길이 조금 더 길었으면 좋겠다고 생각했어. 조금만 더 걷고 싶었어. 마음에 느낌표 다섯 개와 온점 다섯 개와 쉼표 다섯 개를 지닌 채로 느낌표를 꺼냈다가, 온점을 꺼냈다가, 쉼표를 꺼냈다가 했어. 지난날에 대한 아쉬움과, 오늘 나누었던 기쁨과, 앞으로 우리가 살아갈 날들에 대한 생각들이 한데 모여서 슬프고도 행복한 기분이었어. 우리는 만났다가 헤어지고, 또 각자의 길을 가고 그 길에서 넘어지기도 다시 일어나기도 하겠지. 그 모든 시간 속에서 우리가 나눈 찰나의 시간은 어떤 의미가 있을까? 너무 많은 것들이 빠르게 생겨나고 사라지는 세상에서 우리가 나눈 응원과 마음도 그렇게 잊힐까 봐 조금 슬프기도 했어.

있잖아, 그래도 나는 좋았다고 말하고 싶어. 시간이 흘러 아무도 우리를 기억하지 못한다고 해도, 일상이었던 시간이 훗날 아 그랬었지 하고 가끔 회상하는 시간이 된다고 해도 나는 그 순간이 너무 좋았다고. 아주 찰나의 시간이지만 아주 따뜻한 시간이었다고. 앞으로 우리가 지나갈 수많은 찰나가 이렇게 따듯하기만 하다면 나는 기꺼이 수많은 찰나를 마주할 거야. 오늘도 역시 내가 할 수 있는 건 응원밖에 없어. 이전의 우리와 지금의 우리가 달라진 게 있다면 응원하는 마음들이 더 늘어났다는 거겠지. 느낌표 다섯 개가 아니라 온점 다섯 개로 응원할게. 요란스럽지 않고 눈에 띄지 않아서 안 보일 수 있지만 뒤에서 묵묵히 응원하고 있다는 걸 알아줘. 언제든 만나면 느낌표 다섯 개로 인사할거야.

여행이 끝나고 난 뒤

샤워를 하고, 스킨로션을 바른 뒤 거울을 본다. 이전의 나보다 조금 더 까매진 내 얼굴을 확인한다. 누구보다 열심히 돌아다녔다는 증거이다. 이번 여름은 그 어떤 여름보다 뜨거웠고, 그 아래의 나도 아주 뜨겁게 돌아다녔다. 거창한 해외여행은 떠나지 못했지만 소소한 여행을 많이 다닌 여름이었다.

나는 여행은 '어디를' 가느냐보다 '누구랑' 가느냐를 더 중요하게 생각하는 사람이다. 아직 인상적일 만큼의 좋은 여행지를 가보지 못해서일 수도 있고, 매번 나의 여행 동지가 너무 인상적이어서 알 수도 있다. 이 생각은 어릴 때부터 해오던 생각인데 이번 여름을 지나며 더 확고해졌다. 고등학교 친구들과의 경주 여행, 수혁이와의 계곡, 대학 동기들과의 광안리, 교회 언니 오빠들과의 수련회, 이 외에도 나를 여행의 순간에 놓이게 해 준 시간들. 쓰면서도 얼굴에 미소가 지어진다. 그때의 우리가 떠올라서, 열심히 걸어 다니던 다리가, 한데 섞여 형체를 알아볼 수 없는 웃음이, 아무 말도 하지 않았지만 이해할 수 있었던 침묵이 떠올라서 마음이 이내 따듯해진다.

우리는 언제나 여행을 떠나고 싶어 한다. 국내 여행이든, 해외여행이든 여행을 간다고 하면 누구나 부럽다는 표정을 짓는다. 여행을 싫어하는 사람은 드물다. 그러다 문득 궁금해진다. 우리는 왜 언제나 여행을 갈망하는가. 왜 어디든 훌쩍 떠나고 싶어 하는가. 지치는 일상을 뒤로하고 쉼을 얻기 위해서일 수도 있겠고, 새로운 영감을 얻기 위해서일 수도 있겠고, 나에게 좋은 걸 선물하고 싶은 마음일 수도 있겠다. 내가 여행을 좋아하는 이유는 여행하는 동안에는 그저 웃을 수 있기 때문이다. 어제 나의 실수와 지금 내가 처해있는 상황과 내일 내가 해야 할 일들을 뒤로하고 지금 이 순간에 온전히 집중할 수 있기 때문이다. 여행할 때만큼은 오늘의 점심으로 무엇을 먹을지, 저녁은 무엇을 먹을지 정도가 가장 큰 고민거리가 된다. 나를 지치게 하는 더위 따위는 큰 문제가 되지 않는다. 더위를 이기고 나를 웃게 하는 친구들이 있기 때문이다. 찡그리다가도 옆에서 같이 찡그리고 있는 친구를 보면 그저 웃기다. 힘들 때는 같이 툴툴거리고, 기쁠 때는 함께 기뻐하고, 그러면서도 서로를 격려하는 당신들이 있기 때문이다. 내가 여행을 좋아하는 이유는 바로 옆에서 나와 모든 순간을 공유할 수 있는 당신들이 있기 때문이다.

그리고 모든 여행은 끝이 있다. 어딘가로 떠났다면, 돌아와야 한다. 즐거웠던 시간을 뒤로하고, 얼굴만 봐도 웃긴 당신들을 뒤로하고 집으로 돌아가야 한다. 그런데 나는 그 사실이 참 좋다. 돌아갈 집이 있다는 사실이 좋다. 여행은 너무 즐겁고, 나를 행복하게 만들지만 여행이 끝나갈 무렵에는 모두 집을 그리워한다. 내 방의 침대가 아주 그리운 순간이 바로 여행에서 돌아오는 순간이다. 긴 여행을 마치고 집에 들어서면, 언제나처럼 나를 기다리고 있는 익숙한 풍경들. 현관에 놓여있는 신발들과, 우리 집의 디퓨저 향기, 거실에 놓여있는 아빠의 낚싯대와 가지런히 정리되어 있는 내 방의 이불. 조금은 달라진 내가 여전한 풍경을 마주하는 그 순간을 나는 참 좋아한다. 모든 것이 빠르게 변하는 세상에서 나를 기다려 주는 공간이 있다는 게 얼마나 기쁜 일인가.

나는 여행이 끝난 후에도 당신들의 일상이 즐거웠으면 좋겠다. 여행에서처럼 그저 웃을 수만은 없겠지만 그래도 많이 웃었으면 좋겠다. 여행에서 포착한 행복과 기쁨들을 잘 소화해서 일상을 살아낼 힘이 되었기를 바란다. 우리의 삶은 여행이 끝난 후에도 계속됨으로, 어쩌면 진짜 여행은 여행이 끝나는 순간부터 시작되는 것일지도 모른다. 매일매일 마주하는 일상에서 새로움을 발견하는 우리가 되기를. 매일 마주하는 눈빛에서 서로를 향한 애정을 공유하는 우리가 되기를 바란다. 그러면 여행이 끝난 순간에도 우리는 여전히 여행 중일 것이다.

특별한 이름

〰〰〰

    이름만 봐도 어떤 사람인지 알 수 있을 것 같은 사람들이 있다. 예를 들면 '선우정아'나 '이슬아' 같은 이름들. 둘 다 각각 내가 좋아하는 가수와 작가의 이름이다. 사람 이름이 어떻게 선우정아고 이슬아일 수 있단 말인가. 이름과 그 사람이 너무 잘 어울린다. 이름과 그 사람의 노래가, 이름과 그 사람의 글이 꼭 하나인 것만 같다. 유명인 말고도 내 주변에는 특별한 이름을 가진 사람들이 있는데 시호, 라경, 하늘, 예승, 유영..... 등등 평범하지 않은, 개성 있는 이름들이다. 신기한 게 다들 저 이름에 어울리는 모습으로 살아가고 있다. 뭐 내가 저들의 삶을 속속들이 다 알지는 못하지만 내가 생각하기에는 그렇다. (예승은 비교적 평범한 이름일 수 있는데 예승을 길게 풀어보면 예스응이 되고 예스응은 yes, 응 이 된다. 이게 무슨 말이냐면 이름에 온통 긍정밖에 없다

는 말이다. 적어도 내가 아는 예승이는 저 이름 그대로 살아가고 있다. 주변이 온통 긍정이다)

나는 저렇게 특별한 이름을 가진 사람들이 부럽다. 얼굴을 안 보고 이름만 들어도 어떤 모습일지 상상하게 되는 이름들. 그에 반해 내 이름은 너무 평범하다. 예진. 박예진도 최예진도 아닌 김예진. 세상에나 적어놓고 보니 세상 모든 평범을 다 모아둔 이름 같다. 평범하디 평범한 예진이는 학교에도, 교회에도 어딜 가도 나와 같은 이름을 가진 예진이가 있었다. 중학교 1학년 때는 김예진, 최예진, 박예진이 같은 반이 되어버려서 1년 내내 나는 예진이가 아닌 '김예'로 불려야 했다.

그런데 이토록 평범한 '김예진'도 특별해지는 순간이 있다. 내 이름이 특별해질 때는 바로 누군가 내 이름을 불러줄 때다. 장난기 섞인 목소리로 김예진! 이라고 부르던, 다정하고 따뜻하게 예진아, 라고 부르던, 나는 내 이름이 불리는 게 좋다. 사실 이름은 부르라고 있는 거 아닌가. 이름의 가장 큰 소명은 누군가에게 불리는 것이다. 그게 이름의 유일한 목적이고 필요다. 친구든, 부모님이든, 선배든, 연인이든 누구든 내 이름을 부를 때는 그 이름 속에 나를 향한 애정이 담겨있다. 야! 가 아니라 예진아! 라고 나를 불러주면 내가 나로 인정받는 기분이다. 너에게 내가 기억되어 있고, 나는 김예진이고, 너에게 김예진이라는 사람은 이런 사람이구나. 를 느낄 수 있다. 나는 어디에나 필요한 사람이 되고 싶은데, 이름이 불리면 내가 그 사람에게 필요한 사람이 된 것만 같아서 기쁘다. 참 웃긴 게 이름은 나의 것이지만, 나 자신을 대표하는 아주 중요한 것이지만 나는 내 이름을 부를 일이 거의 없다. 이름은 누군가에게 불릴 때만 빛을 발한다. 그러니까 우리는 서로가 있어야만 내가 '나'로 존재할 수 있다. 내 이름을 불러주는 네가 없다면 나는 아무것도 아니다. 내가 아무리 잘났고, 대단한 존재여도 아무도 나를 불러주지 않는다면 나는 그 무엇도 될 수 없다.

그래서 되도록 많이 "예진아"라고 불리고 싶다. 그리고 되도록 많은 이름을 부르고 싶다. 이름으로 부르고 싶다. 서로가 서로의 이름을 불러주며 내가 너를 기억하고 있다고, 너는 내게 의미 있는 사람이라고, 특별한 사람이라고 말해주고 싶다. 오늘도 나는 내 이름을 불러준 사람들 덕분에 '김예진'으로 살 수 있었다. 내일도 나의 이름을 불러줄 친구들을 떠올린다. 또 내가 부를 이름들을 떠올린다. 어떤 이름도, 무엇 하나 빠지지 않고, 특별한 이름들이다.

살고 싶은 마음

초판 1쇄 발행 2024년 4월 11일

지은이   김예진

디자인   포레스트 웨일
펴낸이   포레스트 웨일
펴낸곳   포레스트 웨일
출판등록   제2021-000014 호
주소   충남 아산시 아산로 103-17
전자우편   forestwhalepublish@naver.com

종이책   979-11-93963-05-0

작가님들과 함께 성장하는 출판사
포레스트 웨일입니다.
작가님들의 소중한 원고를 받고 있습니다.
forestwhalepublish@naver.com